O PEQUENO ZACARIAS, CHAMADO CINABRE

O PEQUENO ZACARIAS, CHAMADO CINABRE
E. T. A. Hoffmann

Tradução
MARION FLEISCHER

Martins Fontes
São Paulo 1998

Esta obra foi publicada originalmente em alemão com o título
KLEIN ZACHES GENNANT ZINNOBER.
Copyright © Livraria Martins Fontes Editora Ltda.,
São Paulo, 1998, para a presente edição.

1ª edição
outubro de 1998

Tradução
MARION FLEISCHER

Preparação do original
Vadim Valentinovitch Nikitin
Revisão gráfica
Solange Martins
Eliane Rodrigues de Abreu
Produção gráfica
Geraldo Alves
Paginação/Fotolitos
Studio 3 Desenvolvimento Editorial (6957-7653)

Dados Internacionais de Catalogação na Publicação (CIP)
(Câmara Brasileira do Livro, SP, Brasil)

Hoffmann, E.T.A.
   O pequeno Zacarias, chamado Cinabre / E.T.A. Hoffmann; tradução de Marion Fleischer. – São Paulo : Martins Fontes, 1998. – (Clássicos)

   Título original: Klein Zaches Gennant Zinnober.
   ISBN 85-336-0953-1

   1. Romance alemão – Século 18 I. Título. II. Série.

98-3881   CDD-833.6

Índices para catálogo sistemático:
1. Romances : Século 18 : Literatura alemã 833.6
2. Século 18 : Romances : Literatura alemã 833.6

Todos os direitos para a língua portuguesa reservados à
Livraria Martins Fontes Editora Ltda.
Rua Conselheiro Ramalho, 330/340
01325-000 São Paulo SP Brasil
Tel. (011) 239-3677 Fax (011) 3105-6867
e-mail: info@martinsfontes.com
http://www.martinsfontes.com

Índice

Nota IX
Sobre Hoffmann e as composições fantásticas... XI
Nota sobre o artigo de Walter Scott XXXIII
Cronologia XXXV

PRIMEIRO CAPÍTULO... 3
    O monstrengo. – Perigo iminente para o nariz de um pastor. – De como o rei Pafnúcio introduziu o Século das Luzes no seu reino e a fada Rosabelverde entrou para um retiro de senhoras nobres.

SEGUNDO CAPÍTULO... 23
    Notícias de um povo desconhecido, descoberto pelo sábio e cientista Ptolomeu Philadelpho. – A Universidade de Querepes. – De como um par de botas acerta a cabeça do estudante Fabiano e o professor Mosch Terpin convida o estudante Baltasar para um chá.

TERCEIRO CAPÍTULO 39
    De como Fabiano não sabia o que dizer. – Cândida e as jovens que não podiam comer

peixes. – O chá literário de Mosch Terpin. – O jovem Príncipe.

QUARTO CAPÍTULO 55
De como o violinista italiano Sbiocca ameaçou jogar o senhor Cinabre no contrabaixo, e o bacharel de Direito Pulcro não logrou ser nomeado para o Ministério das Relações Exteriores. – Reflexões sobre os fiscais da alfândega e o estoque de milagres para uso doméstico. – Um castão de bengala enfeitiça Baltasar.

QUINTO CAPÍTULO 67
De como o príncipe Barsanuf saboreou, no café da manhã, cotovias da Lípcia e o licor de Danzig, viu sua calça de casimira maculada por uma mancha de manteiga, e promoveu o secretário particular Cinabre ao posto de conselheiro titular. – Os livros ilustrados do professor Próspero Alpano. – De como um porteiro bicou o dedo do estudante Fabiano, e este se apresentou trajando uma casaca de abas longas, sendo por isso escarnecido por todos. – A fuga de Baltasar.

SEXTO CAPÍTULO 83
De como o conselheiro titular Cinabre foi penteado no jardim e tomou um banho de orvalho na grama. – A comenda do Tigre Malhado de Verde. – A feliz idéia de um alfaiate do teatro. – De como a senhorita Rosabela entor-

nou o café e Próspero Alpano lhe assegurou a sua amizade.

SÉTIMO CAPÍTULO 99
De como o professor Mosch Terpin investigava a natureza na adega real. – Mycetes Belzebub. – O desespero do estudante Baltasar. Influência propícia de uma casa de campo bem provida sobre a felicidade doméstica. – De como Próspero Alpano deu a Baltasar uma caixinha de tartaruga e partiu.

OITAVO CAPÍTULO 111
De como Fabiano foi considerado um sectário e arruaceiro por causa das longas abas de seu paletó. – De como o príncipe Barsanuf entrou atrás do pára-fogo e demitiu o diretor geral das Ciências Naturais. – A fuga de Cinabre da casa de Mosch Terpin. – De como Mosch Terpin quis partir cavalgando em uma borboleta e tornar-se imperador, mas, em vez disso, foi para a cama.

NONO CAPÍTULO 125
Constrangimento de um leal camareiro. – De como a velha Lisa fomentou uma rebelião e o ministro Cinabre escorregou durante a fuga. – De que maneira estranha o médico particular do Príncipe explicou a morte súbita de Cinabre. – De como o príncipe Barsanuf se entristeceu, comeu cebolas e de como a perda de Cinabre se tornou irreparável.

ÚLTIMO CAPÍTULO 141
Súplicas pesarosas do autor. – De como o professor Mosch Terpin se acalmou e Cândida nunca poderia aborrecer-se. – De como um escaravelho dourado zumbiu algo ao ouvido do doutor Próspero Alpano, este se despediu e Baltasar teve um casamento feliz.

Nota

Incluímos a seguir, à guisa de prefácio, dois textos, um de Walter Scott e um de A. Loève-Veimars. Mais do que a análise crítica que pretende fazer do trabalho de Hoffmann e do conto fantástico, este texto de Walter Scott traz o interesse de mostrar uma faceta diferente do pensamento do ilustre escritor escocês.

O artigo foi publicado originalmente na *Revue de Paris* com o título "Du merveilheux dans le roman". Trata-se de um versão abreviada do artigo de Walter Scott "On the Supernatural in Fictitious Composition: Works of Hoffmann", publicado na *Foreign Quarterly Review* de julho de 1827.

O segundo é uma rápida nota de A. Loève-Veimars, tradutor francês da obra de Hoffmann que que refuta as observações de Walter Scott e traça, em rápidas pinceladas, um retrato da trágica vida de Hoffmann.

O EDITOR

Sobre Hoffmann e as composições fantásticas

O gosto dos alemães pelo *misterioso* levou-os a inventar um gênero de composição que talvez só pudesse existir no seu país e na sua língua. É aquele a que se poderia chamar o gênero FANTÁSTICO, em que a imaginação se abandona a toda a irregularidade dos seus caprichos e a todas as combinações das cenas mais estranhas e mais burlescas. Nas outras ficções em que o maravilhoso é admitido, segue-se uma regra qualquer: aqui a imaginação só se detém quando está esgotada. Esse gênero é para o romance mais regular, sério ou cômico do que a farsa ou, antes, as *parades** e a pantomima são para a tragédia e a comédia. As transformações mais imprevistas e mais extravagantes acontecem pelos meios mais improváveis. Nada tende a lhes modificar o absurdo. O leitor deve contentar-se em olhar as escamoteações do autor da mesma maneira que olhava as cabriolas e as metamorfoses de Arlequim, sem procurar nelas outro sentido, ou outra finalidade, que não a surpresa do momento. O autor que está à testa desse ramo da literatura romântica é Ernst Theodor Wilhelm Hoffmann.

....
* *Parade* (teat.) Cenas burlescas representadas à porta de um teatro de feira para atrair a concorrência. (N. da T.)

A originalidade do gênio, do caráter e dos hábitos de Ernst Theodor Wilhelm Hoffmann tornava-o apto a se distinguir num gênero de obras que exige a mais bizarra imaginação. Hoffmann foi um homem de raro talento. Era ao mesmo tempo poeta, desenhista e músico; mas infelizmente seu temperamento hipocondríaco impeliu-o sempre aos extremos em tudo quanto empreendeu: assim sua música não passou de um agregado de sons estranhos, seus desenhos eram meras caricaturas e seus contos, como ele mesmo diz, puras extravagâncias.

Encaminhado para as lides forenses, preencheu a princípio, na Prússia, funções inferiores na magistratura; mas logo que se viu obrigado a viver à própria custa, recorreu à sua pena e aos seus lápis ou compôs música para teatro. A mudança contínua de ocupações incertas, a existência errante e precária produziram, sem dúvida, o seu efeito sobre um espírito particularmente suscetível de exaltação ou de desânimo, e tornaram ainda mais volúvel um caráter já demasiado inconstante. Hoffmann mantinha assim o ardor do seu gênio por meio de libações freqüentes; e seu cachimbo, companheiro fiel, envolvia-o numa atmosfera de vapores. Sua própria aparência indicava a irritação nervosa. Era de baixa estatura, e seu olhar fixo e selvagem, que atravessava uma espessa cabeleira negra, traia essa espécie de desordem mental que ele próprio parecia sentir ao escrever em seu diário este *memorandum* que não podemos ler sem um movimento de pavor: "Por que, no meu sono como nas minhas vigílias, meus pensamentos se voltam com tanta freqüência, involuntariamente, para o tema da demência? Parece-me, dando livre curso às idéias desordenadas que surgem na minha mente, que elas escapam como se o sangue corresse de uma das minhas veias que acabasse de se romper".

Algumas circunstâncias da vida errática de Hoffmann vieram assim acrescentar-se a esses temores quiméricos de ser marcado por um estigma fatal, que o afastava do círculo comum dos homens. Essas circunstâncias, entretanto, nada tinham de tão extraordinário quanto o que figurava sua imaginação doentia. Citemos um exemplo. Encontrava-se ele numa estância de águas e assistia a uma jogatina muito animada com um de seus amigos, que não pôde resistir à tentação de se apropriar de uma parte do ouro que cobria a mesa. Dividido entre a esperança do ganho e o medo da perda, e desconfiando de sua própria estrela, o amigo pôs enfim seis moedas de ouro nas mãos de Hoffmann, pedindo-lhe que jogasse por ele. A fortuna foi propícia ao nosso jovem visionário e ele ganhou para o amigo uns trinta fredericos de ouro. Na noite seguinte Hoffmann resolveu tentar a própria sorte. A idéia, como ele observa, não era fruto de uma determinação anterior, mas lhe foi repentinamente sugerida pelo pedido que lhe fizera o amigo de jogar por ele uma segunda vez. Acercou-se, pois, da mesa por sua própria conta e apostou numa carta os dois únicos fredericos de ouro que possuía. Se a felicidade de Hoffmann tinha sido notável na véspera, era de crer agora que um poder sobrenatural havia feito um pacto com ele para ajudá-lo: todas as cartas lhe eram favoráveis. Mas deixemos que ele próprio fale:

"Perdi todo poder sobre os meus sentidos, e à medida que o ouro se empilhava na minha frente eu acreditava estar tendo um sonho do qual só acordei para arrebatar aquele ganho tão vultoso quanto imprevisto. O jogo terminou, como de costume, às duas horas da manhã. Quando eu ia retirar-me da sala, um velho oficial colocou-me a mão no ombro e, dirigindo-me um olhar severo: – Rapaz – disse-me –, a continuar assim, você quebrará a banca; mas quando isso acontecer você será, pode crer, uma presa tão segura para o diabo quanto o resto dos jogadores. – E, sem esperar resposta, retirou-se. O dia começava a despontar quando cheguei em casa e cobri minha mesa com pilhas e pilhas de ouro. Imagine-se o que sentia um rapaz que, numa situação de dependência absoluta e a bolsa ordinariamente leve, se via de repente na posse de uma quantia suficiente para constituir uma verdadeira riqueza, ao menos por algum tempo! Mas enquanto contemplava o meu tesouro uma angústia singular veio mudar o curso das minhas idéias; um suor frio escorria-me da testa. As palavras do velho oficial repercutiram-me ao ouvido em sua acepção mais ampla e mais terrível. Pareceu-me que o ouro que cintilava em cima da mesa era o sinal de uma troca pela qual o príncipe das trevas se apoderara da minha alma para sua destruição eterna: pareceu-me que um réptil venenoso chupava o sangue do meu coração e senti-me mergulhado num abismo de desespero."

A aurora nascente principiava então a raiar através da janela de Hoffmann e a iluminar com seus raios os campos vizinhos. Ele sentiu sua doce influência e, recobrando forças para combater a tentação, fez o juramento de nunca mais tocar numa carta, e cumpriu-o.

"A lição do oficial foi boa", diz ele, e seu efeito "excelente". Mas, com uma imaginação como a de Hoffmann, essa impressão foi mais o remédio de um empírico do que de um médico hábil. Renunciou ao jogo, menos por sua convicção das funestas conseqüências morais dessa paixão do que pelo medo positivo que lhe inspirava o espírito do mal em pessoa.

Não é raro ver suceder a essa exaltação, como na da loucura, acessos de uma timidez excessiva. Os próprios poetas não passam por ser impávidos todos os dias, desde que Horácio fez a confissão de ter abandonado o seu escudo; mas não era assim com Hoffmann.

Ele estava em Dresden na época crítica em que essa cidade, na iminência de ser tomada pelos Aliados, foi salva pelo súbito retorno de Bonaparte e sua guarda. Viu então a guerra de perto e se aventurou diversas vezes a cinqüenta passos dos atiradores franceses, que trocavam suas balas, à vista de Dresden, com as dos Aliados. Quando do bombardeio dessa cidade, uma bomba explodiu defronte da casa onde Hoffmann se achava com o ator Keller, de copo na mão e olhando de uma janela elevada os progressos do ataque. A explosão matou três pessoas, Keller deixou cair seu copo; mas Hoffman, depois de esvaziar o seu: "O que é a vida?", exclamou filosoficamente, "e como é frágil a máquina humana, incapaz de resistir à explosão de um ferro candente!"

No momento em que se empilhavam os cadáveres nas fossas imensas que são o túmulo do soldado, ele visitou o campo de batalha coberto de mortos e de feridos, de armas partidas, de barretinas, de sabres, de cartucheiras e de todos os escombros de uma batalha cruenta. Viu também Napoleão em meio a seu triunfo e ouviu-o dirigir a um suboficial, com o olhar e a voz retumbante do leão, esta simples palavra: "Vejamos."

Pena é que Hoffmann só tenha deixado umas poucas anotações a respeito dos acontecimentos que testemunhou em Dresden e dos quais poderia, com seu espírito observador e seu talento para a descrição, traçar um quadro tão fiel. Pode-se dizer em geral, dos relatos de assédios e combates, que eles se assemelham mais a mapas que a quadros; e que, se podem instruir o tático, pouco se prestam a interessar o comum dos leitores. Um militar sobretudo, falando das campanhas de que participou, mostra-se demasiado disposto a relatá-las no estilo seco e técnico de uma gazeta, como se temesse ser acusado de querer exagerar seus próprios perigos tornando sua narrativa dramática.

O relato da batalha de Leipzig, tal como o publicou uma testemunha ocular, o sr. Schoberl, é um exemplo do que se poderia esperar dos talentos do sr. Hoffmann se sua pena nos houvesse descrito os grandes acontecimentos que acabavam de se desenrolar debaixo dos seus olhos. De bom grado teríamos dispensado algumas de suas obras de sortilégios se em troca ele nos tivesse dado uma descrição fiel do ataque de Dresden e da retirada do exército aliado no mês de agosto de 1813. Hoffmann era, aliás, um honesto e verdadeiro alemão em toda a força do termo; e haveria de ter encontrado uma musa no seu ardente patriotismo.

Não lhe foi dado, contudo, empreender nenhuma obra, por leve que fosse, no gênero histórico. A retirada do exército francês logo o restituiu aos seus hábitos de trabalhos literários e de prazeres sociais. Pode-se supor, entretanto, que a imaginação sempre ativa de Hoffmann recebeu um novo impulso de tantas cenas de perigo e de horror. Uma calamidade doméstica veio também contribuir para exacerbar sua sensibilidade nervosa. Um carro público no qual ele viajava capotou no caminho e sua mulher recebeu na cabeça um ferimento muito grave que a fez sofrer durante longo tempo.

Todas essas circunstâncias, acrescidas à irritabilidade natural de seu próprio caráter, lançaram Hoffmann num estado de espírito mais favorável talvez para alcançar sucesso em seu gênero particular de composição, que era compatível com aquela serenidade ditosa da vida na qual os filósofos são concordes em colocar a felicidade deste mundo. É a uma organização como a de Hoffmann que se aplica esta passagem da admirável *Ode à indiferença**:

"O coração torna-se incapaz de conhecer a paz ou a alegria quando, semelhante à bússola, ele gira mas treme, ao girar, ao sabor do vento da fortuna ou da adversidade." Hoffmann não tardaria a se submeter à mais cruel provação que se possa imaginar.

Em 1807, um violento acesso de febre nervosa tinha aumentado muito a funesta sensibilidade à qual ele devia tantos sofrimentos. Fizera para si mesmo, com o fito de avaliar o estado de sua imaginação, uma escala graduada, espécie de termômetro, que indicava a exaltação de seus sentimentos e se elevava às vezes a um grau pouco distante de uma verdadeira alienação mental. Não é fácil, talvez, traduzir por expressões equivalentes os termos de que se serve Hoffmann para classificar as suas sensações; tentaremos porém dizer que suas notas sobre o seu humor cotidiano descrevem sucessivamente uma propensão para as idéias místicas ou religiosas: o sentimento de uma alegria exagerada; o de uma alegria irônica; o gosto de uma música ruidosa e louca; um humor romanesco voltado para as idéias sombrias e terríveis; uma inclinação excessiva para a sátira amarga, visando ao que há de mais bizarro, de mais caprichoso, de mais extraordinário; uma espécie de quictismo favorável às expressões mais castas e mais doces de uma imaginação poética; uma exaltação,

---
* Do poeta Collins. (N. do A.)

enfim, suscetível unicamente das idéias mais negras, mais horrendas, mais desordenadas e mais acabrunhantes.

Em certas épocas, pelo contrário, os sentimentos descritos no diário desse homem infeliz já não acusam mais que um abatimento profundo, um enfado que o levava a repelir as emoções que acolhera na véspera com o maior ardor. Essa espécie de paralisia moral é, a nosso ver, uma enfermidade que afeta em maior ou menor grau todas as classes, desde o operário que se apercebe, para nos servirmos de sua expressão, de que *perdeu a mão* e já não pode cumprir sua tarefa diária com a prontidão habitual, até o poeta cuja musa o abandona quando ele mais precisa de suas inspirações. Em casos assim, o homem sensato recorre ao exercício ou a uma mudança de estudo: os ignorantes e os imprudentes procuram meios mais grosseiros para expulsar o paroxismo. Mas o que, para uma pessoa de mente sã, nada mais é que a sensação desagradável de um dia ou de uma hora torna-se uma verdadeira doença para mentes como a de Hoffmann, sempre dispostas a tirar do presente funestos presságios para o futuro.

Hoffmann tinha a infelicidade de ser particularmente sujeito a esse singular medo do futuro e de opor quase imediatamente a toda sensação agradável que lhe brotasse no coração a idéia de uma conseqüência triste ou perigosa. Seu biógrafo nos deu um bom exemplo dessa penosa disposição que o levava não apenas a temer o pior, quando havia para isso algum motivo real, mas também a toldar, por essa apreensão ridícula e insensata, as circunstâncias mais naturais da vida. "O diabo", costumava dizer, "se intromete em todas as coisas, mesmo quando de início elas apresentam o mais favorável dos aspectos." Um exemplo sem importância, mas bizarro, permitirá conhecer melhor essa disposição fatal para o pessimismo.

Hoffmann, observador minucioso, viu certo dia uma menina dirigir-se a uma mulher no mercado para lhe comprar algumas frutas que lhe haviam atraído seus olhos e despertado seu apetite. A prudente vendedora quis primeiro saber o que ela tinha para gastar em sua compra; e quando a pobre menina, que era de uma beleza notável, lhe mostrou com uma alegria mesclada de orgulho uma moedinha, a vendedora fez-lhe ver que ela não tinha nada em seu estabelecimento que fosse de um preço suficientemente módico para a sua bolsa. A pobre criança, mortificada, retirava-se com lágrimas nos olhos quando Hoffmann a chamou de volta e, tendo feito ele próprio suas compras, encheu-lhe o avental com as mais belas frutas; mas mal tivera tempo para contemplar a expressão de felicidade que reanimara de repente aquela bonita figura infantil quando se viu atormentado pela idéia de que poderia ser a causa de sua morte, pois as frutas que lhe havia comprado poderiam causar-lhe uma indigestão ou outra doença qualquer. Esse pressentimento perseguiu-o até o momento em que chegou à casa de um amigo. Era assim que um medo vago de um mal imaginário vinha constantemente envenenar tudo o que, para ele, poderia dar encanto ao presente ou embelezar o futuro. Aqui não nos podemos furtar a opor ao caráter de Hoffmann o de nosso poeta Wordsworth, tão notável por sua rica imaginação. A maioria dos pequenos poemas de Wordsworth são a expressão de uma sensibilidade extrema, excitada pelos menores incidentes, como o que acaba de ser relatado, mas com a diferença de que uma disposição mais ditosa e mais nobre inspira a Wordsworth reflexões amenas, suaves e consoladoras nas mesmas circunstâncias que só inspiravam a Hoffmann idéias de uma natureza totalmente diversa. Esses incidentes passam sem deter a atenção das mentes ordinárias; mas observadores dotados de uma imaginação poética, como Wordsworth e Hoffmann, são, por assim dizer, químicos hábeis que dessas matérias aparentemente insignificantes sabem destilar ou cordiais ou venenos.

Não queremos dizer que a imaginação de Hoffmann fosse viciosa ou corrompida, mas apenas que era desregrada e tinha uma malfadada inclinação para as imagens horríveis e dilacerantes. Assim ele era perseguido, principalmente nas suas horas de solidão e de trabalho, pela apreensão ligada a algum perigo indefinido pelo qual se acreditava ameaçado; e seu repouso era perturbado por todo tipo de espectros e aparições cuja descrição havia enchido os seus livros e que só a sua imaginação havia gerado: como se houvessem tido uma existência real e um poder verdadeiro sobre ele. Com freqüência o efeito dessas visões era tal que durante as noites, que às vezes dedicava ao estudo, ele tinha o costume de fazer sua mulher levantar-se e vir sentar-se ao seu lado para protegê-lo, por sua presença, contra os fantasmas que ele próprio conjurara em sua exaltação.

Assim o inventor, ou pelo menos o primeiro autor célebre a introduzir na sua composição o FANTÁSTICO ou o grotesco sobrenatural, estava tão perto de um verdadeiro estado de loucura que estremecia diante dos fantasmas de suas obras.

Não admira que um espírito que concedia tão pouco à razão e tanto à imaginação haja publicado tão numerosos escritos em que a segunda domina, excluindo a primeira. E de fato o grotesco, nas obras de Hoffmann, assemelha-se em parte aos arabescos que oferecem aos nossos olhos os monstros mais estranhos e mais complicados:

centauros, grifos, esfinges, quimeras – enfim, todas as criações de uma imaginação romanesca. Tais composições podem deslumbrar por uma fecundidade prodigiosa de idéias, pelo brilhante contraste das formas e das cores, mas nada apresentam que possa iluminar a mente ou satisfazer ao juízo. Hoffmann passou a vida (e decerto não podia ser uma vida feliz) traçando, sem regra e sem medida, imagens bizarras e extravagantes que, afinal, valeram-lhe uma reputação muito abaixo da que ele poderia ter adquirido pelo seu talento caso se tivesse submetido à direção de um gosto mais seguro e de um juízo mais sólido. Há boas razões para crer que sua vida foi abreviada não só por sua doença mental mas também pelos excessos a que recorreu para se proteger contra a melancoloia e que atuaram diretamente sobre a disposição de seu espírito. Devemos lastimá-lo ainda mais porque, apesar de tanta divagação, Hoffmann não era um homem comum; e, se as desordens de suas idéias não o tivessem levado a confundir o sobrenatural com o absurdo, ele se teria distinguido como excelente pintor da natureza humana, que sabia observar e admirar nas suas realidades.

Hoffmann primava sobretudo por retratar os caracteres próprios de seu país. A Alemanha, entre seus numerosos autores, não pode citar nenhum que tenha conseguido mais fielmente personificar a retidão e a integridade que se encontram em todas as classes entre os descendentes dos antigos teutões. Há, principalmente, no conto intitulado *O Morgadio* um personagem que é talvez peculiar à Alemanha e que forma um contraste notável com os indivíduos da mesma classe tal como estão representados nos romances e tal como, talvez, existem na realidade nos outros países. O *justiceiro* B... exerce, na família do barão

Roderic de R..., nobre proprietário de vastos domínios na Curlândia, quase o mesmo ofício que o famoso bailio Macwhecble exercia nas terras do barão de Bradwardine (se me for permitido citar *Waverley*). O justiceiro, por exemplo, era o representante de um senhor nos tribunais feudais; fiscalizava suas rendas, dirigia, controlava sua casa e, por seu conhecimento dos negócios da família, adquirira o direito de oferecer tanto seu conselho como sua assistência nos casos de dificuldades pecuniárias. O autor escocês tomou a liberdade de mesclar a esse caráter um matiz daquela velhacaria da qual se faz quase o atributo obrigatório da classe inferior dos advogados. O bailio é baixo, avaro, astuto e covarde; só escapa à nossa repulsa ou ao nosso desprezo pelo lado agradável de seu caráter; perdoamos-lhe parte de seus vícios em virtude dessa dedicação ao seu patrão e à sua família, que é nele uma espécie de instinto e que parece prevalecer até mesmo sobre seu egoísmo natural. O justiceiro de R... é precisamente o inverso desse caráter; é também um original: tem as manias da velhice e um pouco de seu mau humor satírico; mas suas qualidades morais fazem dele, como diz com razão La Motte-Fouqué, um herói dos velhos tempos, que tomou o roupão e os chinelos de um velho procurador dos nossos dias. Seu mérito natural, sua independência, sua coragem são antes realçadas que empanadas por sua educação e sua profissão, que supõe um conhecimento exato do gênero humano e que, se não está subordinada à honra e à probidade, é a máscara mais vil e mais perigosa com que um homem pode se cobrir para enganar os outros. Mas o justiceiro de Hoffmann, por sua situação na família de seus patrões, de que conheceu duas gerações, pela posse de todos os seus segredos e mais ainda pela lealdade e nobreza de seu caráter, exerce sobre seu próprio senhor, por mais altivo que às vezes ele seja, uma verdadeira ascendência.

O conto que acabamos de citar mostra a imaginação desregrada de Hoffmann, mas prova também que ele possui um talento que deveria contê-la e modificá-la. Infelizmente, seu gosto e seu temperamento o arrastam com demasiada força para o grotesco e o fantástico para lhe permitir retornar com freqüência, em suas composições, ao gênero mais razoável no qual ele teria sido facilmente bem-sucedido. O romance popular tem decerto um vasto círculo a percorrer, e longe de nós a idéia de invocar os rigores da crítica contra aqueles cujo único objetivo é fazer o leitor passar uma hora agradável. Pode-se repetir com verdade que, nessa literatura leve,

Todos os gêneros são bons, afora o gênero enfadonho.

Sem dúvida, não se deve condenar uma falta de gosto com a mesma severidade com que se condenaria uma falsa máxima moral, uma hipótese científica errônea ou uma heresia da religião. Também o gênio, como sabemos, é caprichoso e quer ter seu livre impulso mesmo fora das regiões ordinárias, quando mais não fosse para arriscar-se a uma nova tentativa. Às vezes, enfim, podemos deter nosso olhar com prazer num arabesco executado por um artista dotado de rica imaginação; mas é penoso ver o gênio se exaurir em objetos que o gosto reprova. Não gostaríamos de lhe permitir uma excursão nessas regiões fantásticas a não ser sob a condição de que ele trouxesse de lá idéias doces e agradáveis. Não poderíamos ter a mesma tolerância para com esses caprichos que não só nos espantam por sua extravagância como nos revoltam por seu horror. Hoffmann deve ter tido em sua vida momentos de exaltação agradável assim como de exaltação dolorosa; e o champanhe que borbulhava no seu copo teria perdido para ele sua influência benfazeja caso não houvesse às vezes despertado em seu espírito tanto idéias aprazíveis quanto pensamentos bizarros. Mas é próprio de todos os sentimentos exagerados tender sempre para as emoções penosas, tal como os acessos da loucura têm mais freqüentemente um caráter triste do que agradável. Da mesma forma o grotesco tem uma aliança íntima com o horrível, pois o que está fora da natureza dificilmente pode ter alguma relação com o que é belo. Nada, por exemplo, pode ser mais desagradável para os olhos do que o palácio daquele príncipe italiano de cérebro enfermo, decorado com todas as esculturas monstruosas que uma imaginação depravada podia sugerir ao cinzel do artista.

As obras de Callot, que deu mostras de uma fecundidade de espírito maravilhosa, causam igualmente mais surpresa do que prazer. Se compararmos a fecundidade de Callot à de Hogarth, nós os acharemos iguais um ao outro; mas comparemos o grau de satisfação que proporciona um exame atento das suas respectivas composições e o artista inglês levará uma vantagem imensa. Cada nova pincelada que o observador descortina entre os pormenores ricos e quase supérfluos de Hogarth vale um capítulo na história dos costumes humanos, se não do coração humano; ao contrário, examinando de perto as produções de Callot, descobre-se apenas em cada um de seus *sortilégios* um novo exemplo de um espírito empregado sem proveito nenhum, ou de uma imaginação que se desgarra nas regiões do absurdo. As obras de um semelham um jardim escrupulosamente cultivado que nos oferece a cada passo algo de agradável ou de útil; os do outro evocam um jardim abandonado cujo solo, igualmente fértil, só produz plantas agrestes e parasitas.

Hoffmann de certa forma se identificou com o engenhoso artista que acabamos de criticar por seu título *Quadros noturnos à maneira de Callot*; e para escrever, por exemplo, um conto como O *Ampulheta**, é preciso que ele se tenha iniciado nos segredos desse pintor original, com quem pode certamente reivindicar certa analogia de talento. Citamos um conto, O *morgadio*, no qual o maravilhoso nos parece bem empregado porque se mescla a interesses e sentimentos reais e porque mostra com muito vigor até que ponto as circunstâncias podem elevar a energia e a dignidade da alma; mas este é de um gênero totalmente distinto:

> Meio horrendo, meio bizarro, qual demônio
> que exprime sua alegria por mil esgares.

Natanael, o herói desse conto, é um jovem de temperamento fantástico e hipocondríaco, de uma índole poética e metafísica levada ao excesso, com aquela organização nervosa mais particularmente sujeita à influência da imaginação. Ele nos conta os acontecimentos de sua infância numa carta endereçada a Lotário, seu amigo, irmão de Clara, sua noiva.

Seu pai, honesto relojoeiro, tinha o hábito de mandar os filhos dormirem, em certos dias, mais cedo que de costume, e a cada vez a mãe acrescentava à ordem: "Vão

---

* *Contos fantásticos*. (N. do A.)

para a cama, o Ampulheta vem vindo." Natanael, com efeito, observou que então, depois que eles iam dormir, ouvia-se bater à porta; passos pesados e arrastados retumbavam na escada; alguém entrava na casa de seu pai e às vezes um vapor desagradável e sufocante espalhava-se pela casa. Era, pois, o Ampulheta: mas o que queria ele, e o que vinha fazer? Às perguntas de Natanael a criada respondia, por um conto de babá, que o Ampulheta era um homem malvado que jogava areia nos olhos das crianças que não queriam ir dormir. Essa resposta redobrou seu terror, mas ao mesmo tempo despertou sua curiosidade. Resolveu enfim esconder-se no quarto do pai e esperar ali a chegada do visitante noturno: executou o projeto e reconheceu no Ampulheta o advogado Copélio, a quem vira freqüentemente com seu pai. Sua massa informe apoiava-se sobre pernas tortas; era canhoto, tinha o nariz grosso, orelhas enormes, todos os traços exagerados, e seu aspecto feroz, que o fazia assemelhar-se a um ogro, muitas vezes tinha assustado as crianças quando ainda ignoravam que o legista, odioso por sua feiúra repugnante, era ninguém menos que o temível Ampulheta. Hoffmann traçou dessa figura monstruosa um esboço que ele quis sem dúvida tornar tão revoltante para seus leitores quanto podia ser terrível para as crianças. Copélio foi recebido pelo pai de Natanael com mostras de humilde respeito: os dois descobriram um forno secreto, acenderam-no e logo se entregaram a operações químicas, de uma natureza estranha e misteriosa, que explicavam aquele vapor com que a casa tantas vezes se enchera. Os gestos dos operadores tornaram-se frenéticos; seus traços assumiram uma expressão de desvario e furor à medida que avançavam no seu trabalho; Natanael, cedendo ao terror, soltou um grito e saiu de seu posto de observação. O alquimista, pois Copélio era um alquimista, mal divisou o espiãozinho, ameaçou-o de arrancar-lhe os olhos, e não foi sem dificuldade que o pai, interpondo-se, conseguiu impedi-lo de jogar cinzas ardentes nos olhos do menino. A imaginação de Natanael ficou tão perturbada por essa cena que ele foi acometido de uma febre nervosa durante a qual a horrível figura do discípulo de Paracelso permanecia diante de seus olhos como um espectro ameaçador.

Depois de um longo intervalo, e quando Natanael se restabeleceu, as visitas noturnas de Copélio ao discípulo recomeçaram; um dia este prometeu à mulher que aquela vez seria a última. A promessa se cumpriu, mas não, sem dúvida, como o velho relojoeiro imaginava. Ele pereceu no mesmo dia com a explosão de seu laboratório, sem que se conseguisse encontrar qualquer vestígio de seu mestre na arte fatal que lhe custara a vida. Um tal acontecimento era talhado para causar profunda impressão numa imaginação ardente: Natanael foi perseguido, enquanto viveu, pela lembrança do medonho personagem; e Copélio identificou-se em seu espírito com o princípio do mal. Em seguida o próprio autor dá continuidade à narrativa e nos apresenta seu herói estudando na universidade, onde é surpreendido pela súbita aparição de seu infatigável perseguidor. Este desempenha agora o papel de um mascate, italiano ou do Tirol, que vende instrumentos de óptica; mas, sob o disfarce de sua nova profissão e sob o nome italianizado de Giuseppe Coppola, é sempre o inimigo encarniçado de Natanael, que se sente vivamente atormentado por não poder persuadir seu amigo e sua amante a partilhar os temores que lhe inspira o falso vendedor de barômetros, que ele acredita ser o terrível jurisconsulto. Também está descontente com Clara, que, guiada pelo bom senso e por um juízo sadio, não só rejeita seus pavores metafísicos como também condena seu estilo poético, pleno de exageros e afetação. Seu coração afasta-se gradualmente da companheira de infância, que só sabe ser franca, sensível e afetuosa; e, pela mesma gradação, ele transfere seu amor para a filha de um professor chamado Spalanzani, cuja casa se defronta com as janelas de sua moradia. Essa vizinhança lhe dá a oportunidade freqüente de contemplar Olímpia sentada no seu quarto: ela fica ali durante horas inteiras sem ler, sem trabalhar ou mesmo sem se mover; mas, apesar dessa insipidez e dessa inação, ele não consegue resistir ao encanto de sua extrema beleza. Essa paixão funesta passa por um crescimento ainda mais rápido quando ele resolve comprar um binóculo do pérfido italiano, apesar de sua semelhança impressionante com o antigo objeto de seu ódio e de seu horror. A secreta influência da lente enganadora esconde aos olhos de Natanael o que impressionava todos os que se acercavam de Olímpia. Não vê nela uma certa rigidez de maneiras que torna seu andar semelhante aos movimentos de uma máquina, uma esterilidade de idéias que reduz sua conversação a um pequeno número de frases secas e breves, que ela repete sucessivamente; nada vê, enfim, de tudo o que indicava sua origem mecânica. Ela nada mais era, com efeito, do que uma bela boneca, ou autômata, criada pela mão hábil de Spalanzani e dotada de uma aparência de vida graças aos artifícios diabólicos do alquimista, advogado e mascate, Copélio ou Coppola.

O apaixonado Natanael vem a conhecer essa verdade fatal ao ser testemunha de uma querela terrível que irrompe entre os dois imitadores de Prometeu a propósito de seus respectivos interesses nesse produto de seu poder criador. Eles proferem os mais infames impropérios, despedaçam sua bela máquina e recolhem seus membros esparsos, com os quais se ferem a golpes redobrados. Natanael, já meio enlouquecido, entra num frenesi completo à vista do terrível espetáculo.

Mas seríamos loucos se continuássemos a analisar esses sonhos de um cérebro em delírio. No final, nosso estudante, num acesso de fúria, quer matar Clara precipitando-a do alto de uma torre: seu irmão a salva desse perigo, e o frenético rapaz, ficando sozinho na plataforma, gesticula com violência e recita a fórmula mágica que aprendeu de Copélio e de Spalanzani. Os espectadores que essa cena havia reunido em multidão ao pé da torre buscam os meios de se apoderar do furioso quando Copélio aparece repentinamente entre eles e lhes assegura que Natanael vai descer por sua livre e espontânea vontade. Ele realiza sua profecia fixando no desgraçado um olhar de fascinação, que logo o faz precipitar-se de cabeça. O horrível absurdo desse conto é precariamente resgatado por alguns traços do caráter de Clara, de quem a firmeza, o simples bom senso e a franca afeição formam um contraste agradável com a imaginação desordenada, as apreensões, os terrores quiméricos e a paixão descabelada de seu extravagante admirador.

É impossível submeter semelhantes contos à crítica. Eles não são as visões de um espírito poético: não têm sequer o nexo aparente que os desvarios da demência deixam às vezes nas idéias de um louco; são os sonhos de um espírito fraco, vítima da febre, que podem por um momento excitar a nossa curiosidade pela sua bizarria, ou a nossa surpresa pela sua originalidade, mas a atenção que provocam é sempre muito passageira; e, na verdade, as inspirações de Hoffmann assemelham-se com tanta freqüência às idéias geradas pelo uso imoderado do ópio que a nosso ver ele tinha mais necessidade da ajuda da medicina do que dos conselhos da crítica.

A morte desse homem extraordinário sobreveio em 1822. Ele foi afetado por aquela doença cruel chamada *tabes dorsalis*, que aos poucos o privou do uso de seus membros. Mesmo nesse triste extremo ele ditou várias obras que indicam ainda a força de sua imaginação, e dentre elas citaremos um fragmento intitulado *A convalescença*, cheio de tocantes alusões aos seus próprios sentimentos nessa época, e uma novela chamada *O adversário*, à qual consagrou seus derradeiros momentos. Nada pôde abalar a força da sua coragem; ele soube suportar com constância as angústias de seu corpo, embora fosse incapaz de suportar os terrores imaginários de sua mente. Os médicos acharam que deviam submetê-lo à cruel provação do cautério, pela aplicação de um ferro em brasa no trajeto da medula espinhal, para tentar reanimar a atividade do sistema nervoso. Ele estava tão longe de se deixar abater pelas torturas desse martírio médico que perguntou a um de seus amigos, que entrou em seu quarto no momento em que acabava de passar por essa horrível operação, se não estava recendendo *a carne assada*. "De bom grado eu consentiria", dizia ele com a mesma coragem heróica, "em perder o uso dos meus membros se pudesse ao menos conservar a capacidade de trabalhar com a ajuda de um secretário." Hoffmann morreu em Berlim no dia 25 de junho de 1822, deixando uma reputação de homem notável, a quem só o temperamento e a saúde haviam impedido de chegar ao mais elevado renome e cujas obras, tal como existem hoje, devem ser consideradas menos como um modelo a imitar do que como uma advertência salutar sobre o perigo que corre um autor que se abandona aos delírios de uma imaginação louca.

WALTER SCOTT

Nota sobre o artigo de Walter Scott

A nota crítica de Scott sobre Hoffmann, que precede estes *Contos*, já foi publicada nas obras do romancista escocês. Não dependeu de nós suprimi-la nesta obra, nem publicá-la anteriormente; pareceu-nos, aliás, que seria adequado colocá-la no início deste livro: Hoffmann poderá assim responder por si mesmo ao seu rigoroso crítico.

Talvez não fosse com os princípios da razão mais elevada, do gosto mais puro que cumpriria julgar um Hoffmann. De onde vem essa mania geral de reconstruir a seu modo a alma de um escritor? E por que lastimar que um determinado homem não tenha tido o talento de outro? Hoffmann desenhava, versejava e compunha música numa espécie de delírio; gostava de vinho, de um lugar obscuro no canto de uma taverna; adorava copiar figuras estranhas, pintar um personagem bruto e bizarro; temia o diabo, gostava dos espectros, da música, das letras, da pintura; essas três paixões que lhe devoraram a vida, ele as cultivava com uma exaltação selvagem: Salvator, Callot, Beethoven, Dante, Byron eram os gênios que lhe aqueciam a alma: Hoffmann viveu numa febre contínua; morreu quase demente – tal homem se prestaria a ser mais um objeto de estudos do que de críticas; e melhor seria compadecer-se dessa originalidade que lhe custou tantas dores do que lhe discutir friamente seus princípios. Não se deveria sobretudo esquecer que, se existem escritores que encontram seu imenso talento e sua inspiração na felicidade e na opulência, há outros cujo caminho foi marcado por todas as aflições humanas e cuja imaginação foi alimentada por meio de males inauditos e de uma eterna miséria.

A. LOÈVE-VEIMARS

Cronologia

1776. Nasce, no dia 24 de janeiro, Ernst Theodor Wilhelm Hoffmann, em Königsberg, na então Prússia Oriental. Seus prenomes serão alterados para Ernst Theodor Amadeus.
1786. Inicia-se sua amizade com o escritor humorístico Theodor Gottlieb von Hippel.
1792. Apesar de sua inclinação pela pintura, música e literatura, começa seus estudos de direito na Universidade de Königsberg.
1795. Inicia, a contragosto, sua carreira de jurista.
1796. Libertando-se do ambiente familiar, transfere-se para Glogau.
1798. Em função da carreira de juiz-conselheiro, segue para Berlim, onde um de seus tios é conselheiro secreto do tribunal superior. Estuda música com Johann Friedrich Reichardt.
1800-1804. É enviado para Posen, na Polônia (então Prússia Meridional), como assessor do governo residente. Nessa cidade, entra em contato com Hitzig, tornando-se seu amigo.
Casa-se com a jovem católica Maria Thekla Michaelina Rohrer. Sua estada em Posen é interrompida por

um escândalo provocado nos meios burgueses por algumas de suas caricaturas. Transfere-se para Plock, onde produz seu primeiro escrito, em 1803 (*Schreiben eines Klostergeistlichen an seinen Freund in der Hauptstadt*).

1804-1806. Vive em Varsóvia, para onde é transferido graças a diligências de seus amigos de Berlim. Tem uma vida cheia de ocupações, dividindo-se entre seus deveres profissionais, a organização de concertos e a composição de peças de música de câmara e óperas. Nessa época escreve a música para a tragédia de Zacharias Werner, *A cruz sobre o Báltico*. Com a invasão de Varsóvia pelas tropas de Napoleão, Hoffmann perde seu emprego.

1807. Abandona a carreira jurídica e volta para Berlim, onde vê frustrado seu sonho de viver para a arte.

1808-1813. Convidado para dirigir a orquestra do teatro de Bamberg, Hoffmann vai para essa cidade com sua mulher. No início, volta-se mais para trabalhos literários (*Kreisleriana, Música instrumental de Beethoven, Fantasias à maneira de Callot, Novelas Musicais*). Mais tarde, quando seu amigo Holbein torna-se diretor do teatro, Hoffmann vem a ser organizador, arquiteto e regente de orquestra da Ópera de Bamberg, além de compositor, convivendo intensamente com o meio artístico. Apaixona-se por Julie Mark, sua aluna de canto. Os últimos anos em Bamberg são marcados pela falta de dinheiro.

1813-1814. Aceita o cargo de regente da orquestra do teatro de Dresden. Não obtendo um contrato definitivo, vai para Leipzig, onde a mesma sorte o aguarda. Seu amigo Hippel convence-o a voltar à carreira de funcionário público, obtendo seu acordo sob a condição de que suas funções lhe permitam continuar suas atividades artísticas.

1814. Inicia-se a última fase da vida de Hoffmann, de intensa produção literária e, também, de noitadas passadas nas mesas das tavernas. São desse ano *O vaso de ouro*, *Don Juan*, o 1º volume de *Os elixires do diabo*. Hoffmann entra em contato com Lamotte-Fouqué, Chamisso e outros poetas da segunda escola romântica.

1816-1822. *Quebra-nozes e o rei dos ratos* (1816), continuação de *Os elixires do diabo* (1816), *O pequeno Zacarias* (1816), *Noturnos à maneira de Callot* (1817), *Contos dos irmãos Serapião* (1819-1821), *Princesa Brambilla* (1820), *O gato Murr* (1822).

Em 1819, Hoffmann é atingido por uma doença degenerativa da espinha dorsal, acarretando três anos de intenso sofrimento e decadência físicos.

1822. Hoffmann morre em Berlim, em 25 de junho.

O PEQUENO ZACARIAS, CHAMADO CINABRE

PRIMEIRO CAPÍTULO

O monstrengo[1]. – Perigo iminente para o nariz de um pastor. – De como o rei Pafnúcio introduziu o Século das Luzes[2] no seu reino e a fada Rosabelverde entrou para um retiro de senhoras nobres[3].

Nas proximidades de uma aldeia aprazível, à beira do caminho, encontrava-se, estendida no chão causticado pelo calor do sol, uma pobre camponesa coberta de andrajos. Atormentada pela fome, sedenta e exaurida, a infeliz caíra sob o peso de um cesto carregado de galhos secos que ela, penosamente, havia recolhido ao pé das árvores e dos arbustos do bosque. Como quase não conseguia respirar, ela acreditava que haveria de morrer em seguida, e que, portanto, seus sofrimentos e sua miséria teriam logo um fim. No entanto, em breve ela recobrou forças suficientes para livrar-se das cordas que prendiam o cesto às suas costas e arrastar-se lentamente até um pedaço de relva que se achava a pouca distância. Prorrompeu, então, em queixumes, lamentando-se em voz alta: "Será justo

....
1. Al. *Wechselbalg*: De acordo com crendice popular, criatura deformada, de origem demoníaca ou mágica, colocada no lugar de um recém-nascido humano por anões ou espíritos malignos. (N. da T.)
2. Al. *Aufklärung* = Iluminismo: movimento filosófico do século XVIII, caracterizado pela confiança no progresso e na razão. Literalmente, *aufklären* significa *esclarecer, elucidar*. (N. da T.)
3. Al. *Fräuleinstift*: instituição criada em antigos conventos ou castelos, com o fim de amparar e proteger mulheres nobres não casadas ou idosas. (N. da T.)

que a miséria e a desgraça sempre atinjam somente a mim e ao meu pobre marido? Não é verdade que, apesar do trabalho duro, de todo o suor derramado, em nossa aldeia somos os únicos que continuam eternamente pobres, mal ganhando o suficiente para matarmos a nossa fome? Três anos atrás, quando meu marido, ao trabalhar no nosso jardim, encontrou as moedas de ouro na terra, aí, sim, acreditamos que a felicidade finalmente tinha batido à nossa porta, e que daí por diante dias melhores viriam. Mas o que aconteceu? Ladrões roubaram o dinheiro, a casa e o celeiro foram destruídos pelo fogo, o granizo acabou com o nosso trigal e, para completar a nossa infelicidade até os limites do suportável, os céus ainda nos castigaram com este pequeno monstrengo, o qual, para minha vergonha, dei à luz, provocando o desdém e os comentários zombeteiros de toda a aldeia. No dia de São Lourenço[4] o menino completou três anos e meio, mas ele não consegue firmar-se nas suas perninhas de aranha, não sabe andar, e rosna e mia como um gato, em vez de falar. No entanto, o infeliz aleijão tem um apetite voraz, como o de um menino sadio de, pelo menos, oito anos, sem que toda essa comida faça a menor diferença no seu desenvolvimento. Deus tenha piedade dele e de nós, que teremos que alimentá-lo indefinidamente, passando pelas maiores privações e por toda sorte de sofrimento; sim, porque o pequeno polegar sem dúvida continuará a comer e a be-

---

4. Dia de São Lourenço: "10 de agosto. No período das perseguições aos cristãos, Lourenço denominava os pobres e doentes da comunidade de 'tesouros da Igreja'. Seu martírio (morte pelo fogo, na grelha) lembra, de certo modo, a quebra do encantamento de Cinabre." In: *Erläuterungen und Dokumente. E. T. A. Hoffmann: Klein Zaches genannt Zinnober.* Ed. Gerhard R. Kaiser, Reclam, Stuttgart, 1985, p. 8. (N. da T.)

ber cada vez mais, porém em toda a sua vida jamais trabalhará um único dia. Não, não, tudo isso é mais do que um ser humano pode suportar nesta terra. Ah, quem me dera poder morrer – eu só queria morrer!" A estas palavras a pobre mulher desatou a chorar e a soluçar, até que finalmente adormeceu, vencida pela dor e pela exaustão.

A mulher tinha toda razão em queixar-se do monstrengo abominável que ela dera à luz três anos e meio antes. A criatura, que à primeira vista em muito se assemelhava a um pedacinho de madeira estranhamente nodosa, era, na verdade, um menino disforme de nem dois palmos de altura, que, tendo descido de gatinhas do cesto em que a mãe o acomodara, se revolvia agora na relva, emitindo grunhidos. A cabeça daquela coisa era enterrada entre os ombros, as costas eram representadas por uma protuberância semelhante a uma abóbora, e logo abaixo do peito pendiam as perninhas finas como varas, de tal sorte que o menino parecia um rábano fendido. Seu rosto era quase imperceptível para quem o olhasse distraidamente; mas ao observador mais atento revelavam-se nitidamente o longo nariz pontudo que emergia por entre cabelos pretos e desgrenhados, bem como um par de olhinhos negros faiscantes, que, sobretudo em virtude das rugas profundas naquele rosto de ancião, pareciam sugerir a figura de uma pequena mandrágora[5].

Como dissemos, a mulher tinha mergulhado num sono profundo, subjugada pelo desgosto, e seu filho se ha-

....

5. Planta venenosa com raízes bifurcadas, cuja forma lembra um corpo humano. Na Antiguidade e na Idade Média lhe eram atribuídas forças mágicas. O termo *Alräunchen*, que se encontra no texto de Hoffmann, referia-se na antiga Germânia a seres míticos que agiam secretamente. Cf. G. Kaiser, *op. cit.*, p. 9. (N. da T.)

via aninhado perto dela, quando ocorreu a senhorita de Rosabela, uma dama que residia no convento localizado nos arredores, passar pelo caminho, retornando de um passeio. Ela sustou o passo e, piedosa e compassiva por natureza, comoveu-se à vista da miséria que se lhe apresentava aos olhos. "Ó céu misericordioso", exclamou, "quanta desgraça e quanto sofrimento há neste mundo! – Como é infeliz esta pobre mulher! – Sei que ela mal consegue manter a preciosa vida, e eis que trabalhou além das forças, acabando por sucumbir à fome e ao peso do seu infortúnio! – Como me magoam a minha incapacidade e a minha impotência! – Ah, quem me dera poder ajudar como eu gostaria! – Mas o que me restou, os poucos dons de que ainda disponho, que o destino adverso não conseguiu roubar de mim nem destruir, esses dons empregarei com todas as minhas forças e com todo o empenho para minorar este sofrimento. Dinheiro, pobre mulher, ainda que sobre ele eu tivesse poder, não seria de nenhuma valia para ti, pelo contrário, poderia até agravar a situação em que te encontras. Tu e teu marido não fostes predestinados a possuir fortunas, e aquele que não está fadado a possuir fortunas vê-se despojado de suas moedas de ouro, sem saber como, enfrenta inúmeros aborrecimentos, e, quanto mais dinheiro flui para o seu bolso, tanto mais pobre se torna. Sei porém que, mais do que toda essa pobreza, mais do que as privações, aflige o teu coração o fato de teres dado à luz aquele monstrinho que se pendura a teu pescoço como um fardo maligno e sinistro, que precisas carregar pela vida afora. – Alto – belo – forte – inteligente, bem, nada disso o menino poderá vir a ser, mas talvez seja possível ajudá-lo de outra maneira." – A essas palavras, a dama sentou-se na grama e pegou o pequeno no colo. A mandragorazinha ranhosa eriçou-se e empertigou-se toda, rosnou e tentou morder o dedo da Senhorita; *esta*, porém, disse: "Calma, calma, pequeno besouro!", alisando suavemente, com a mão espalmada, a cabeça do menino, da testa à nuca. Aos poucos, sob o efeito das carícias, o cabelo desgrenhado do pequeno começou a desencrespar, até transformar-se numa cabeleira que, bem assentada ao redor da testa, caía em cachos belos e suaves sobre os ombros arqueados e a abóbora dorsal. O pequeno acalmava-se mais e mais, adormecendo finalmente. A senhorita de Rosabela, então, deitou-se cuidadosamente na grama, ao lado da mãe, aspergiu esta com algumas gotas de uma poção[6] contida num frasquinho que trazia na bolsa, e retirou-se com passos rápidos.

Ao acordar pouco depois, a mulher sentiu-se surpreendentemente reanimada e revigorada. Era como se tivesse feito uma refeição reforçada e tomado um bom gole de vinho. "Minha nossa", exclamou, "como me sinto consolada e bem disposta após esta pequena soneca! Mas o sol já está quase desaparecendo atrás das montanhas, vamos, é hora de ir para casa!" – Ditas essas palavras, ela dispôs-se a encilhar o cesto, mas, ao olhar para dentro dele, deu por falta do menino, que naquele mesmo momento se levantava da relva e grasnava choroso. Ao voltar-se para o pequeno, a mãe, tomada de espanto, bateu as mãos uma contra a outra e gritou: "Zacarias, pequeno Zacarias, quem foi que, nesse meio tempo, fez tão belo penteado em ti! Zacarias, pequeno Zacarias, como fica-

....
6. Al. *geistiges Wasser*. "O adjetivo (geistig) oscila, aqui, entre o significado químico ('alcoólico') e o significado místico-alquimista." *In*: Ed. G. Kaiser, *op.cit.*, p 10. (N. da T.)

rias bonito com esses cachos, se não fosses um menino tão abominável e repelente! – Mas agora vem, vem! – Entra no cesto!" Ela fez menção de pegá-lo e colocá-lo em cima dos gravetos, mas o pequeno Zacarias pôs-se a espernear, sorriu zombeteiramente para a mãe e miou sonoramente: "Não quero!" – "Zacarias! – Pequeno Zacarias!", gritou a mulher, fora de si, "quem, nesse meio tempo, te ensinou a falar? Pois então! Se tens cabelos tão lindamente penteados, se sabes falar tão bem, certamente também terás condições de andar." A mulher colocou o cesto nas costas, o pequeno Zacarias pendurou-se no seu avental, e assim rumaram em direção à aldeia.

No caminho tinham que passar pela residência paroquial. Aconteceu, então, por acaso, que o pároco se encontrava na soleira de sua casa, tendo ao seu lado o filho mais jovem, um encantador e belo menino de três anos, cuja cabeça era emoldurada por cachos dourados. Ao ver a mulher com o pesado fardo nas costas e com o pequeno Zacarias dependurado no seu avental, ele a chamou e disse: "Boa noite, dona Lisa, como está a senhora? – Sua carga é pesada demais, a senhora mal está conseguindo seguir adiante, venha até aqui, descanse um pouco neste banco diante da minha porta, a minha criada lhe trará um refresco." – Dona Lisa não hesitou em aceitar o convite. Depositando o cesto no chão, ela ia abrir a boca para queixar-se ao ministro e desfiar todos os seus sofrimentos, sua miséria, quando o pequeno Zacarias, devido ao movimento rápido da mãe, perdeu o equilíbrio e foi cair aos pés do pároco. Este curvou-se rapidamente e levantou o pequeno, dizendo: "Ah, dona Lisa, dona Lisa, como é encantador e adorável o seu menino. É uma verdadeira bênção dos céus ter um filho tão lindo." A essas palavras, tomou o pequeno nos braços e acariciou-o, não parecendo perceber que o pequeno polegar malcriado rosnava e miava ferozmente, tentando até mesmo morder o nariz do reverendo. Dona Lisa, ao ouvir tais palavras, quedou atônita diante do pastor, com os olhos arregalados, sem saber o que pensar. "Ah, meu bom pároco", disse finalmente, com voz chorosa, "um homem que serve a Deus, como o senhor, certamente não há de zombar de uma pobre e infeliz mulher castigada pelos céus, sabe-se lá por que motivo, com esse monstrengo detestável." – "Querida senhora", replicou o pároco, muito sério, "que coisas absurdas está dizendo! Zombaria – monstrengo – castigo dos céus – não consigo compreendê-la, e sei apenas que a senhora deve estar completamente cega se não é capaz de amar de todo o coração este belo menino. – Vem, dá-me um beijo, meu gentil homenzinho!" – O pastor abraçou e acarinhou o pequeno, mas Zacarias rosnou: "Não quero!", procurando novamente morder o nariz do reverendo. "Veja só a maldade do bicho!", exclamou Lisa, assustada. Mas, nesse momento, o filho do pastor disse: "Ah, meu querido pai, és tão bondoso, tão amável com as crianças, que por certo todas elas te amam do fundo do coração!" – "Ouça", exclamou o pároco, com os olhos brilhantes de alegria, "ouça, dona Lisa, o que está dizendo este menino lindo e inteligente, o seu adorável filho Zacarias, a quem a senhora dedica tão pouco afeto. Já estou percebendo, a senhora nunca vai se importar com este menino, por mais bonito e inteligente que seja. Ouça, dona Lisa, deixe comigo esta criança, que tanto promete, para que eu cuide dela e lhe dê uma boa educação. Na pobreza que aflige a senhora, o menino representa apenas um fardo, enquanto eu terei a maior alegria em criá-lo como se fosse meu próprio filho."

Dona Lisa não conseguia refazer-se do espanto, repetindo várias vezes: "Mas, querido senhor pastor, querido senhor pastor, o senhor está falando sério, é verdade que o senhor quer ficar com este pequeno disforme, quer criá-lo e livrar-me das dificuldades que tenho por causa do monstrengo?" – Mas, quanto mais a mulher insistia na feiúra repelente da pequena mandrágora, tanto mais veementemente o pároco afirmava que ela, na sua cegueira obcecada, não merecia ter sido abençoada pelos céus com um presente tão maravilhoso como aquele menino prodígio. Finalmente, enfurecido, e com o pequeno Zacarias nos braços, ele correu para dentro de casa e trancou a porta.

Dona Lisa, petrificada, ficou parada diante da porta do pastor, sem saber o que pensar disso tudo. "Em nome de todos os santos", disse de si para si, "o que terá acontecido com o nosso venerável senhor pastor, para que se tenha encantado desse jeito com o meu pequeno Zacarias e considere este anão simplório um menino bonito e inteligente? – Bem, que Deus ajude aquele bondoso homem, ele tirou o fardo das minhas costas e colocou-o nos próprios ombros, agora cabe a ele ver como vai carregá-lo. – Ah, como ficou leve o meu cesto, sem o peso do pequeno Zacarias e, portanto, livre de minha maior preocupação!"

E assim, com o cesto carregado de gravetos nas costas, dona Lisa seguiu o seu caminho feliz e contente.

Por mais que, no momento, eu preferisse evitar maiores explicações, tu, amável leitor, certamente já suspeitaste que a senhorita de Rosabela ou Rosabelverde, como ela também se chamava, devia ser uma criatura muito especial. Pois decerto era ao efeito milagroso, tanto das carícias na cabeça do menino como do alisamento de seu cabelo, que se devia o fato de o bondoso pároco haver considerado o pequeno Zacarias uma criança bonita e inteligente, e ter sido induzido a acolhê-lo imediatamente como se fosse o próprio filho. No entanto, apesar da tua indiscutível perspicácia, querido leitor, poderias enveredar por conjecturas errôneas, ou até mesmo – em prejuízo considerável da nossa história – estar tentado a saltar várias páginas, a fim de obter logo maiores informações a respeito da misteriosa Senhorita; por isso, creio ser mais conveniente contar-te, já agora, tudo quanto eu próprio sei acerca daquela respeitável dama.

A senhorita de Rosabela era alta, possuía um porte aristocrático, majestoso, e seu caráter era um tanto altivo e imperioso. Seu rosto, embora de uma beleza perfeita, causava uma impressão estranha, quase soturna, sobretudo quando ela, como de hábito, fixava o olhar à sua frente, com a fisionomia sisuda e hirta; tal impressão provinha principalmente de um traço muito singular e enigmático que se lhe encontrava entre as sobrancelhas, não se sabendo ao certo se uma moradora de um retiro para senhoras nobres podia realmente ostentar algo assim na testa. Por outro lado, muitas vezes, particularmente na época da floração das rosas e em dias ensolarados, havia tanta graça e benevolência em seus olhos, que quem a via sentia-se envolvido por uma doce e irresistível magia. Quando tive o prazer de ver a distinta senhora pela primeira e última vez, ela aparentava ser uma mulher no auge da florescência, que atingira o ponto culminante da formosura, e eu acreditava que minha sorte fora grande por ainda me ter sido permitido vê-la justamente naquele momento de apogeu, e extasiar-me, por assim dizer, diante de sua beleza magnífica, o que em breve já não haveria de acontecer. Enganei-me. Os mais idosos da aldeia asseguraram-me que conheciam a Senhorita desde que se entendiam por gente, e que ela sempre tivera exatamente aquela mesma aparência, nem mais velha ou mais jovem, nem mais feia ou mais bela. O passar dos anos, portanto, não a afetava e não tinha poder sobre ela, um fato que, por si só, já poderia causar estranheza. Mas ainda havia outros detalhes que, necessariamente, também provocavam assombro naqueles que se punham a refletir seriamente sobre o assunto, de tal sorte que, enredadas no espanto, essas pessoas acabavam por não saber como desvencilhar-se dele. Em primeiro lugar, revelava-se nitidamente na Senhorita o seu parentesco com as flores cujo nome trazia. Isso era óbvio não apenas porque ninguém no mundo sabia como ela cultivar rosas tão formosas e de tantas pétalas, como também pelo fato de que, ao toque de suas mãos, até mesmo a muda mais ressequida e fraca que ela plantasse na terra acabava produzindo flores exuberantes e viçosas. Além disso, era indubitável que ela, durante os seus passeios solitários pelos bosques, conversava com vozes estranhas, que pareciam emanar de árvores, arbustos, fontes e riachos. Consta que um jovem caçador, certa vez, viu como ela se encontrava no meio de uma mata densa, e como pássaros desconhecidos, de plumagem colorida e brilhante, esvoaçavam ao seu redor, acariciando-a, e contando-lhe aparentemente, em meio a gorjeios e trinados alegres, histórias divertidas que a faziam rir. Por isso a senhorita de Rosabela, na época em que se recolheu ao retiro, logo passou a despertar a atenção de todos os que moravam na região. O seu ingresso no retiro tinha sido determinado pelo Príncipe; por isso, o barão Pretexto de Luar, administrador da instituição e dono da propriedade em cujas vizinhanças esta se encontrava, não tinha como protestar contra o fato, embora o atormentassem dúvidas as mais atrozes. Porque debalde procurava o Barão encontrar o registro da família Rosabelverde no livro genealógico de Rixner e em outras crônicas. Por isso, com muita razão, ele duvidava de que a Senhorita tivesse o direito de ser admitida naquele instituto[7], uma vez que ela não podia comprovar a existência de uma árvore genealógica com trinta e dois ancestrais. Finalmente, pesaroso, com lágrimas nos olhos, suplicou-lhe que, pelo amor de Deus, ao menos não se chamasse Rosabelverde, e sim Rosabela, porque esse nome, quando mais não fosse, fazia algum sentido e encerrava a possibilidade de pertencer a uma estirpe, com a devida série de antepassados. – Ela atendeu amavelmente ao pedido. Talvez os ressentimentos do Barão melindrado contra a Senhorita desprovida de ancestrais tenham se manifestado desta ou daquela maneira, dando ensejo aos comentários maldosos que se alastravam mais e mais por toda a aldeia. Isso porque àquelas conversas misteriosas na floresta em breve somaram-se outros boatos melindrosos, que passavam de um para outro e colocavam a Senhorita numa situação bastante ambígua. Assim, por exemplo, dona Ana, a mulher do alcaide, assegurou afoitamente que o leite coalhava em toda a aldeia, assim que a Senhorita espirrava à janela. Mal essa notícia se havia confirmado, aconteceu algo terrível. O ajudante do mestre-escola lambiscava algumas batatas fritas na cozinha do convento, e foi

---

....
7. Al. *Stiftsfähigkeit*: "Com base na prova dos ancestrais, somente a nobreza tinha direito a lugares nos institutos dos arcebispados." *In*: Ed. G. Kaiser, *op. cit.*, p. 12. Cf. também nota 3. (N. da T.)

apanhado com a boca na botija pela Senhorita, que, sorridente, o ameaçou com o dedo indicador. Logo em seguida a boca do rapaz quedou aberta, como se nela estivesse entalada uma batata assada escaldante, de sorte que ele, a partir de então, viu-se obrigado a andar sempre com um chapéu de aba larga, pois caso contrário a chuva entraria pela boca do pobre coitado. Logo depois foi dado como certo que a Senhorita possuía poderes para controlar o fogo e a água, provocar tempestades e chuvas de granizo, embolar cabelos[8], etc., e ninguém duvidava das palavras de um pastor de ovelhas que afirmava tê-la visto, aterrorizado, por volta da meia-noite, cavalgando velozmente pelos ares numa vassoura atrelada a um enorme besouro do qual, por entre os chifres, saíam grandes labaredas azuis e faiscantes! – A partir dessa notícia houve um grande alvoroço, todos queriam que a bruxa fosse punida, e os tribunais da aldeia decidiram, nada mais, nada menos, que a Senhorita deveria ser presa e jogada na água, para enfrentar o julgamento de praxe a que eram submetidas as feiticeiras[9]. O barão Pretexto a tudo assistiu impassível, e, sorrindo, disse de si para si: "Eis o que acontece com essa gente simples, sem antepassados, que não provém de uma estirpe antiga como a do Luar." A Senhorita, informada dessas ameaças, fugiu para a ca-

....
8. Al. *Wechselzöpfe flechten*: "'Plica polonica', o emaranhamento indestrinçável do cabelo, geralmente do cabelo humano, mas também da barba e de crinas de animais, em conseqüência da falta de higiene. (...) De acordo com a crença germânica, o emaranhamento era considerado obra de duendes (...)". *In*: Ed. G. Kaiser, *op. cit.*, p. 12. (N. do T.)

9. Al. *gewöhnliche Hexenprobe*: "A 'prova da água' era comum até o século XVII. A pessoa suspeita de bruxaria era jogada amarrada na água. Se não afundasse, era considerada culpada e queimada." *In*: Ed. G. Kaiser, *op. cit.*, p 13. (N. da T.)

pital do principado, e logo em seguida o barão Pretexto recebeu uma ordem do Príncipe, comunicando-lhe que as bruxas não existiam, e decretando que os tribunos da aldeia fossem trancafiados na cadeia por sua insolente pretensão de querer testar as habilidades de natação de uma moradora do retiro arcebispal; o veredicto do soberano determinava também que todos os camponeses e suas mulheres, sob pena de severos castigos corporais, deveriam ser induzidos a parar com as maledicências em torno da senhorita Rosabela. Todos se compenetraram, tiveram medo das punições anunciadas e passaram a falar bem da Senhorita, um fato que teve as mais benéficas conseqüências, tanto para a aldeia como para a senhorita Rosabela.

Na corte do Príncipe sabia-se perfeitamente que a senhorita Rosabela não era outra senão a famosa fada Rosabelverde, conhecida no mundo inteiro. A história é a seguinte:

Certamente não havia sobre a face da terra um país mais aprazível do que o pequeno Principado onde se encontravam as propriedades do barão Pretexto de Luar, onde residia a senhorita Rosabela, e onde, em suma, aconteceu tudo o que estou prestes a te contar agora, caro leitor.

Circundado por altas montanhas, o pequeno país possuía florestas verdes e perfumadas, campos floridos, rios rumorejantes e fontes que ciciavam alegremente; cidades não existiam lá, apenas aldeias agradáveis e alguns castelos isolados, aqui e acolá. Assim, o Principado assemelhava-se a um magnífico e maravilhoso jardim, pelo qual os habitantes passeavam como que por puro prazer, livres de preocupações e tristezas. Todos sabiam que o príncipe Demétrio reinava no país, mas ninguém percebia a existência do seu governo, e o povo vivia feliz e satisfeito com isso. Pessoas que amavam a liberdade irrestrita, uma bela paisagem e um clima ameno não poderiam escolher melhor lugar para habitar do que o Principado, e foi assim que ali também vieram residir diversas fadas e benfazejas que, como se sabe, amam acima de tudo o calor e a liberdade. A elas deve-se provavelmente o fato de em quase todas as aldeias, mas sobretudo nas florestas, ocorrerem com freqüência os mais surpreendentes prodígios; e foi por certo devido à presença dessas criaturas que todos, encantados com essas maravilhas, acreditavam piamente no sobrenatural, e, sem o saber, por isso mesmo eram cidadãos felizes e honrados. As boas fadas que, inteiramente à vontade, se haviam instalado e organizado de acordo com os costumes do reino longínquo de onde provinham teriam de bom grado concedido a imortalidade ao nobre Demétrio. Mas tal poder não possuíam. Demétrio veio a morrer, e a ele sucedeu o jovem Pafnúcio. Ainda enquanto o pai vivia, Pafnúcio nutria silenciosamente uma mágoa secreta, pois era de opinião que o povo e o Estado se encontravam em calamitosa situação de desleixo e negligência. Decidiu, portanto, governar o país, e imediatamente nomeou primeiro-ministro o seu camareiro André, o qual certa vez, quando ele esquecera a carteira numa taberna atrás das montanhas, lhe havia emprestado seis ducados, livrando-o, assim, de um grande constrangimento. "Quero governar o meu Principado!", declarou Pafnúcio peremptoriamente ao novo ministro. André, lendo nos olhos do amo o que se passava em seu íntimo, prostrou-se aos seus pés e exclamou solenemente: "Senhor! Chegou a grande hora! Pelas mãos de Vossa Alteza o reino emergirá reluzente das trevas caóticas! – Senhor! Quem vos implora é o vosso mais fiel vassalo, que encerra no peito e na garganta as milhares de vozes de um pobre povo infeliz! – Senhor! Inaugurai o Século das Luzes[10] neste reino!" – Pafnúcio sentiu-se profundamente comovido com os elevados pensamentos do seu ministro. Fê-lo erguer-se, estreitou-o impetuosamente ao peito e disse-lhe soluçando: "Ministro André – devo-te seis ducados – agora devo-te muito mais – minha felicidade – meu reino! – ó fiel e inteligente servidor!"

Pafnúcio quis que imediatamente se imprimisse um decreto em letras garrafais, a ser afixado em todos os cantos do reino, anunciando que a partir daquela data se iniciava o Século das Luzes, e que todos os súditos tinham a obrigação de adaptar-se à nova era. "Senhor!", disse, entretanto, André, "meu bom Senhor! Assim não vai dar certo!" – "Como então, meu bom amigo?", retrucou Pafnúcio, agarrando o ministro pelo botão do colete e puxando-o para dentro do gabinete, cuja porta trancou.

"Vede, Alteza", começou André, após tomar lugar num tamborete, à frente do soberano, "o efeito do vosso decreto sobre a introdução do Século das Luzes poderá ser invalidado de um modo deplorável, se não o associarmos com uma medida aparentemente dura, mas que se impõe por uma questão de prudência e sabedoria. – Antes de darmos início à Idade da Razão e do Progresso, isto é, antes de derrubarmos florestas, tornarmos os rios navegáveis, cultivarmos batatas, melhorarmos as escolas nas aldeias, plantarmos acácias e álamos, antes de obrigarmos os jovens a cantarem a duas vozes os seus cânticos matinais e noturnos, antes de mandarmos construir

....
10. Cf. nota 2. (N. da T.)

ruas e implantarmos a vacinação 'contra a varíola[11], é necessário banir do Estado todas as pessoas de mentalidade e idéias perigosas, que são surdas à voz da razão e seduzem o povo com uma porção de tolices. – Por certo o meu nobre Príncipe leu as 'Mil e uma noites', pois sei que vosso venerando e falecido Pai, a quem Deus conceda suave repouso, amava este livro funesto, e o colocou nas vossas mãos, quando Vossa Alteza ainda brincava num cavalinho de pau e se deliciava com pão de mel. Muito bem, Senhor! Graças àquele livro confuso, Vossa Alteza certamente sabe quem são as assim chamadas fadas. Mas, seguramente, ignora que várias dessas criaturas perigosas residem neste vosso amado país e se encontram, até mesmo, nas proximidades do palácio, fazendo uma porção de traquinices." – "Como? – o que estás me dizendo, André, meu fiel ministro? – André! – Fadas! – Aqui, no meu reino?", exclamou o Príncipe, recostando-se lívido na poltrona. – "Podereis tranqüilizar-vos, Alteza", prosseguiu André "assim que, com inteligência, começarmos a luta contra aquelas inimigas do Século das Luzes. Sim! Chamo-as de adversárias do progresso e da razão, pois somente elas, aproveitando-se da bondade do vosso falecido Pai, são responsáveis pelo fato de o país ainda se encontrar mergulhado nas trevas. Elas exercem um mister perigoso, lidando com o insólito e o mistério, e, alegando tratar-se de poesia, espalham secretamente um vene-

....
11. "Exigências da prática da *Aufklärung*. Voltaire recomendou aos franceses a vacinação contra a varíola, que havia conhecido na Inglaterra ("Lettres Philosophiques", 11ª carta). Frederico o Grande implantou à força o cultivo da batata na Pomerânia e na Silésia. Acácias e álamos têm um crescimento particularmente rápido - a sua menção no contexto da derrubada das (antigas) florestas ressalta o absurdo do programa de André." *In*: Ed. G. Kaiser, *op. cit.*, p. 15. (N. da T.)

no que torna as pessoas completamente incapacitadas para o serviço em prol do Iluminismo. Além disso, cultivam certos hábitos intoleráveis e ilegais, que, por si só, já são suficientes para que a sua presença seja proibida em um Estado civilizado. Assim, por exemplo, essas atrevidas não hesitam, quando lhes apraz, em passear pelos ares, em veículos atrelados a pombos, cisnes, ou até mesmo a cavalos alados. E agora pergunto, Alteza: vale a pena criar e implantar um inteligente sistema de tarifas alfandegárias, se existem pessoas no Estado em condições de jogar, a seu bel-prazer, mercadorias não tributadas pelas chaminés de todo e qualquer cidadão irresponsável? – Por isso aconselho, augusto Senhor: no momento em que anunciarmos o início do Século das Luzes, faz-se necessário expulsar as fadas! – Seus palácios deverão ser cercados pela polícia, seus bens confiscados, e elas próprias, sob a acusação de vagabundagem, deverão ser obrigadas a voltar à sua pátria, que, como sabeis pela leitura das 'Mil e uma noites', é o pequeno reino de *Dschinnistan*."
– "Lá existem serviços postais, André?", perguntou o Príncipe. "No momento, não", retrucou André, "mas após a implantação do Século das Luzes talvez possamos criar, com proveito, um serviço de correio entre os dois Estados." – "Mas André", continuou Pafnúcio, "não irão achar que nossas providências contra as fadas são desumanas? – Esse pessoal mimado não quererá rebelar-se?" – "Para tal eventualidade também tenho a solução", respondeu André. "Não repatriaremos todas as fadas, Senhor! Deixaremos que algumas fiquem no nosso país, mas não apenas as despojaremos de todos os meios de que dispõem para prejudicar o advento da Idade da Razão como utilizaremos meios para convertê-las em membros úteis do Estado esclarecido. Se não quiserem contrair matrimônios

respeitáveis, de acordo com as nossas leis, então que sejam úteis à sociedade e severamente vigiadas, tricotando meias para o exército, no caso de uma guerra, ou algo semelhante. Vereis, Alteza, que em breve o povo já não irá acreditar nessas fadas, e esta é a melhor solução. Desta maneira, todas as eventuais rebeliões irão dissipar-se por si mesmas – No que diz respeito aos bens das fadas, todos eles serão confiscados pelo Tesouro real, os pombos e cisnes se tornarão saborosos assados na cozinha do Príncipe, e com os cavalos alados poderão ser feitas experiências para domesticá-los e transformá-los em animais úteis, cortando-se-lhes as asas e acostumando-se-os à alimentação na estrebaria, que, assim espero, introduziremos juntamente com a inauguração do Século das Luzes."

Pafnúcio acolheu extremamente satisfeito todos os conselhos do seu ministro, e já no dia seguinte fez-se a proclamação de tudo quanto fora decidido.

Por todo o território do Principado espalhavam-se cópias do decreto que anunciava o início do Século das Luzes, e ao mesmo tempo a polícia invadia os palácios das fadas, prendendo-as e apoderando-se de todos os seus bens.

Sabe Deus como aconteceu de a fada Rosabelverde ter sido a única a ser informada de tudo, poucas horas antes da decretação do Iluminismo. Assim, ela aproveitou o tempo para soltar os cisnes e esconder em lugar seguro tanto as roseiras mágicas como outras preciosidades. Ela sabia, além disso, que havia sido escolhida entre aquelas que poderiam continuar residindo no país, um destino ao qual se submeteu, embora muito contrariada.

Aliás, nem Pafnúcio nem André conseguiam compreender por qual motivo as fadas obrigadas a regressar ao *Dschinnistan* demonstravam uma alegria tão exagerada, assegurando repetidas vezes que o confisco dos seus haveres não tinha a mínima importância. "No final", disse Pafnúcio, indignado, "vai ver que *Dschinnistan* é um país muito mais bonito de que o meu, e elas estão zombando de mim, assim como do meu decreto e do meu Iluminismo, que agora, mais do que nunca, tem que ter sucesso!"

O geógrafo e o historiador foram incumbidos de elaborar um relatório minucioso sobre o reino das fadas.

Ambos concluíram que *Dschinnistan* era um país miserável, desprovido de cultura, sem Iluminismo, sem sabedoria, sem acácias e sem vacinação contra varíola, um país que, na verdade, nem existia. E sentenciaram: nada pode ser pior para um ser humano ou para um país do que simplesmente não existir.

Pafnúcio tranqüilizou-se.

Após ser derrubada do belo bosque florido no qual se encontrava o palácio da fada Rosabelverde, e depois de Pafnúcio, para dar o exemplo, ter vacinado pessoalmente todos os camponeses da aldeia mais próxima, a fada ficou à espreita do Príncipe na floresta pela qual ele haveria de regressar ao palácio com o ministro André. Ao encontrá-lo, recorreu a palavras persuasivas, mas sobretudo a diversos artifícios que ocultara da polícia, assediando-o de tal maneira que ele finalmente lhe pediu que, pelo amor de Deus, aceitasse um lugar no único e, por isso mesmo, melhor retiro arcebispal existente no Principado; lá ela poderia viver como bem entendesse, sem a obrigação de obedecer às determinações do decreto recém-expedido.

A fada Rosabelverde aceitou a proposta, e assim ingressou na instituição já mencionada, primeiro sob o nome de senhorita de Rosabelverde, depois, como explicamos anteriormente, chamando-se senhorita de Rosabela, a pedidos insistentes do barão Pretexto de Luar.

SEGUNDO CAPÍTULO

Notícias de um povo desconhecido, descoberto pelo sábio e cientista Ptolomeu Philadelpho. — A Universidade de Querepes. — De como um par de botas acerta a cabeça do estudante Fabiano e o professor Mosch Terpin convida o estudante Baltasar para um chá.

Nas cartas confidenciais que o famoso sábio Ptolomeu Philadelpho escreveu ao seu amigo Rufino, encontra-se a seguinte passagem memorável:

"Sabes, meu caro Rufino, que nada temo tanto no mundo como o calor dos raios solares, que absorvem as forças do meu corpo e fatigam de tal maneira o espírito que todos os meus pensamentos se embaralham, e eu fico buscando inutilmente concentrar-me e clarear as idéias. Por isso, no verão tenho o hábito de descansar durante o dia, e de viajar à noite. Eis por que eu me encontrava viajando na noite passada. Com a escuridão, o meu cocheiro extraviara-se do caminho certo e confortável, enveredando inopinadamente por um atalho. Apesar dos duros solavancos que me jogavam de um canto para outro no carro, de sorte que minha cabeça, de tantos galos, se assemelhava a um saco cheio de nozes, somente acordei de um sono profundo quando um choque violento me lançou fora do veículo, atirando-me rudemente ao chão. O sol feriu-me os olhos, e pela cancela à minha frente avistei as altas torres de uma grande cidade. O cocheiro lamentava-se em altos brados, uma vez que tanto a barra da carroça como uma roda traseira se haviam quebrado no impacto contra uma enorme pedra que se encontrava no meio do caminho; comigo e com o meu estado ele não parecia importar-se nem um pouco. Como convém a um sábio, refreei a minha indignação; apenas gritei comedidamente para o sujeito, dizendo-lhe que era um maldito idiota, e lembrando-o de que Ptolomeu Philadelpho, o mais famoso sábio dos nossos tempos, estava com o tr... esborrachado no chão, e que, portanto, deixasse para lá a barra e a roda do carro. Conheces, meu caro Rufino, o poder que habitualmente exerço sobre o coração humano, e foi assim que, de fato, o cocheiro imediatamente parou de se lamentar, e ajudou-me a levantar, com o auxílio do funcionário do pedágio, diante de cuja casinha o acidente havia ocorrido. Felizmente eu não sofrera nenhum ferimento grave, e estava, portanto, em condições de seguir a pé pela estrada, enquanto o cocheiro a duras penas arrastava o veículo quebrado atrás de si. Mas, nas proximidades do portão da cidade, que eu havia avistado ao longe, deparei com uma porção de gente tão esquisita e tão estranhamente vestida que esfreguei os olhos para certificar-me se estava realmente acordado, ou se um sonho maluco me havia transportado para um país imaginário e totalmente estranho. – Essas pessoas que eu via saindo dos portões da cidade e, por isso mesmo, julgava serem seus habitantes, usavam calças muito largas e compridas, cortadas à maneira japonesa, feitas de tecidos caros, veludo, pano inglês, linho e outros materiais finos, adornadas ricamente com galões ou belas tiras e fitas; além disso, vestiam pequenas jaquetas que mal cobriam o abdômen, geralmente de cor clara, luminosa, poucas eram pretas. Os cabelos, despenteados e em desalinho selvagem, lhes caíam sobre os ombros e as costas, e na cabeça traziam um pequeno quepe esquisito. Alguns tinham o pescoço descoberto, à maneira dos turcos e neogregos, outros usavam um pedacinho de linho branco ao redor do pescoço e em cima do peito, semelhante aos colarinhos que tu, meu caro Rufino, já terás visto, certamente, nos retratos de nossos antepassados. Embora todos parecessem muito jovens, tinham uma voz grave e rouca, seus movimentos eram desajeitados, e alguns ostentavam uma pequena sombra debaixo do nariz, como se usassem um bigodinho. Da parte de trás das jaquetas emergia um tubo comprido, do qual pendiam grandes borlas de seda. Outros seguravam nas mãos os tais tubos, nos quais haviam afixado grandes fornilhos, de formato curioso, dos quais habilmente faziam surgir nuvens de fumaça quando, do outro lado, sopravam por um canudinho de biqueira pontuda. Ainda outros andavam com grandes espadas reluzentes, como se estivessem prontos para lutar contra o inimigo, e alguns havia que tinham afivelado à cintura ou às costas pequenas bolsas de couro ou caixinhas de metal. Bem podes imaginar, meu caro Rufino, que eu, sempre buscando enriquecer os meus conhecimentos através da observação meticulosa dos fenômenos novos que se me apresentam, detive o passo e me pus a examinar minuciosamente aquela gente estranha. Eis que, de repente, me vi rodeado por eles; soltando gargalhadas terríveis, berravam: 'Filisteu! Filisteu!' – Isso me aborreceu muito. Porque, afinal, meu caro Rufino, existirá algo mais ofensivo para um grande sábio do que ser considerado pertencente a um povo que há milhares de anos foi abatido a golpes de uma queixada de burro? – Controlei-me, com aquela dignidade que me é peculiar, e disse àquele povo esquisito que esperava encontrar-me em um país civilizado, e que haveria de dirigir-me à Polícia e à Justiça, a fim de exigir reparação pela ofensa de que fora vítima. Aí todos começaram a resmungar; mesmo aqueles que até então ainda não tinham fumado, empunharam os seus aparelhos e se puseram a soprar enormes baforadas no meu rosto, que, como só agora percebia, eram insuportavelmente fétidas e me atordoavam os sentidos. Em seguida, praguejaram contra a minha pessoa, em termos tão grosseiros que nem ouso, meu caro Rufino, reproduzi-los aqui. A lembrança daquela cena enche-me do mais profundo horror. Finalmente afastaram-se, soltando gargalhadas sardônicas, e eu tive a impressão de ter ouvido a palavra 'chicote' ecoando pelos ares! – Meu cocheiro, que a tudo assistiu e tudo ouviu, torceu aflito as mãos e disse: 'Ah, meu caro senhor, agora que tudo isso aconteceu, não entre naquela cidade, de jeito nenhum! Nem o último dos vira-latas, como costumamos dizer, iria aceitar um pedaço de pão do senhor, e em toda parte o senhor correria o perigo de levar bord...' Não esperei que o bom homem acabasse de falar, em vez disso dirigi-me com a maior rapidez para a próxima aldeia. Aqui estou, num quartinho solitário da única hospedaria existente nesta aldeia, escrevendo-te estas linhas, meu caro Rufino! Na medida do possível, procurarei obter informações sobre a gente bárbara que vive naquela cidade. Já me contaram coisas espantosas sobre seus costumes, seus hábitos, sua linguagem, etc., e de tudo isso te farei um relato etc., etc."

Percebes, meu querido leitor, que é perfeitamente possível ser um grande sábio e, no entanto, desconhecer as coisas simples, corriqueiras da vida, e perder-se em exóticos devaneios diante de fatos que todo o mundo conhece. Ptolomeu Philadelpho tinha estudado na universidade, e não conhecia estudantes! Além disso, ao escrever para o amigo sobre os acontecimentos que, na sua cabeça, se haviam transformado numa aventura extraordinária, ele não sabia que se encontrava na aldeia *Hoch-Jakobsheim*, a qual, como é do conhecimento de todos, se encontra nas vizinhanças da renomada Universidade de Querepes. O bom Ptolomeu levou um susto ao deparar com estudantes que, alegres e ruidosos, partiam para o campo, a fim de se divertir. Imagine-se o medo que o teria assaltado se tivesse chegado uma hora mais cedo em Querepes e o acaso tivesse conduzido os seus passos até a casa do Professor de ciências naturais, Mosch Terpin! Centenas de estudantes, saindo da aula, o teriam rodeado, gritando, discutindo, etc., e toda essa balbúrdia teria provocado fantasias ainda mais exacerbadas na sua mente.

As preleções de Mosch Terpin eram as mais freqüentadas em toda a Universidade de Querepes. Ele era, como dissemos, Professor Catedrático de ciências naturais, e explicava como cai a chuva, como se manifestam os trovões e os raios, como e por que a grama cresce, por que o sol brilha de dia e a lua à noite, tudo isso de um modo tão claro que até uma criança podia compreendê-lo. Ele tinha resumido a natureza inteira num pequeno e gracioso compêndio, que lhe permitia manipulá-la ao seu bel-prazer e encontrar respostas para todo e qualquer tipo de pergunta, como se as extraísse da gaveta de um arquivo. Sua reputação deveu-se, inicialmente, ao fato de ele ter descoberto, após numerosas experiências físicas, que a escuridão provém sobretudo da falta de luz. Tal descoberta, bem como sua habilidade em transformar seus experimentos em um festival de charlatanices e truques de prestidigitação, explicavam a afluência maciça dos estudantes às suas aulas. Meu benévolo leitor, uma vez que conheces estudantes melhor do que o famoso sábio Ptolomeu Philadelpho, e considerando que não é própria de ti a pusilanimidade visionária que o caracteriza, permite que te leve agora para Querepes, até a casa do Professor Mosch Terpin, que acaba de encerrar a sua preleção. Em meio à multidão de estudantes que deixa a casa, um deles chama imediatamente a tua atenção. Reparas em um jovem de bela estatura, aparentando vinte e três a vinte e quatro anos, em cujos olhos negros e brilhantes se manifesta de modo eloqüente um espírito vivaz e veemente. Seu olhar poderia quase ser chamado de atrevido, não fosse a melancolia sonhadora que, como um véu, anuvia o seu rosto pálido e o fulgor ardente daquelas pupilas. Seu paletó, de um fino tecido preto, guarnecido com debruns de veludo, lembra a antiga moda alemã; com ele combinam a delicada gola de renda, alva como a neve, e o barrete de veludo ajustado aos belos cachos castanhos. Tal traje assenta-lhe tão bem, porque ele, graças ao seu modo de comportar-se, à sua postura, ao seu modo elegante de andar e aos traços expressivos do rosto, parece realmente pertencer a uma época passada, a um tempo muito afastado, temente a Deus. Por isso, ao contemplá-lo, não nos ocorre pensar na afetação que, em nossos dias, se manifesta tão freqüentemente nas imitações tacanhas de modelos mal compreendidos, de acordo com exigências do presente, igualmente equívocas. Esse jovem que, caro leitor, te agrada tanto à primeira vista é o estudante Baltasar, um jovem honesto, dotado de bom senso, trabalhador, filho de uma família distinta e abastada – sobre o qual, ó meu caro leitor, pretendo contar-te muitas coisas nesta estranha história que me propus a narrar aqui.

Sério, imerso em pensamentos, como era de sua natureza, Baltasar saiu da aula do Professor Mosch Terpin, e, em vez de dirigir-se para a sala de esgrima, voltou-se para os portões da cidade, em busca do pequeno e aprazível bosque que se encontrava nas proximidades de Querepes. Seu amigo Fabiano, um belo rapaz de aparência e gênio alegres, correu no seu encalço, alcançando-o perto dos portões.

"Baltasar!", gritou ele, "Baltasar, acaso estás indo novamente ao bosque, para lá ficares vagando como um filisteu melancólico, enquanto a rapaziada se exercita na nobre arte da esgrima? – Eu te peço, Baltasar, abandona essa tua mania maluca e lúgubre, volta a ser o rapaz alegre e bem disposto que eras outrora. Vem, vamos treinar umas cutiladas, e, se depois aindas quiseres, vou passear contigo."

"Tuas intenções são boas, Fabiano", respondeu-lhe Baltasar, "eis por que não me aborreço contigo por ficares me seguindo feito um louco, privando-me, assim, de prazeres dos quais não tens noção. Acontece que és uma daquelas pessoas esquisitas que, ao verem alguém isolar-se, acham que se trata de um idiota melancólico, e se sentem compelidas a manipulá-lo e curá-lo à sua maneira, tal como tentou fazer aquele cortesão com o nobre príncipe Hamlet, o qual, em seguida, deu uma boa lição ao homenzinho, ao assegurar-lhe que não apreciava flautistas[12]. Não quero chegar a tanto contigo, meu caro Fabia-

---

12. "Hamlet repele a impertinência de Güildenstern com as palavras: 'Pensais que sou mais fácil de tocar do que uma flauta? Chamai-me pelo nome do instrumento que quiserdes, poderei deixar-me mal-humorado (al. *verstimmt* = desafinado; em sentido figurado: mal-humorado [N. do T.]), mas jamais conseguireis tocar-me." – (Shakespeare, *Hamlet*, III, 2). *In*: Ed. G. Kaiser, *op. cit.*, p. 20. (N. da T.)

no, mas gostaria que procurasses outro companheiro para os teus duelos, deixando-me seguir tranqüilamente o meu caminho."

"Não, não", retrucou Fabiano, rindo, "pensas que vais escapar de mim assim? – Se não estiveres com vontade de ir para a sala de esgrima, irei passear contigo no bosque. É dever do teu amigo fiel dissipar a tua tristeza. Portanto, vem, querido Baltasar, uma vez que é isso que queres." – Irritado, Baltasar cerrou os dentes e obstinou-se num silêncio sombrio, enquanto Fabiano não parava de contar histórias divertidas. No meio delas entremeavam-se muitos disparates, como sempre acontece quando alguém fala sem parar.

Quando finalmente se adentraram pelas sombras refrescantes do bosque perfumado, ao ouvirem os sussurros e suspiros langorosos dos arbustos, ao serem envolvidos pelas melodias maviosas dos riachos murmurantes, pelos cânticos das aves que ressoavam pelos ares e despertavam o eco nas montanhas, Baltasar subitamente sustou o passo e exclamou, abrindo os braços, como se quisesse abraçar amorosamente as árvores e os arbustos: "Ah, agora sinto-me bem outra vez! – indescritivelmente bem!" – Fabiano olhou algo espantado para o amigo, como alguém que não entende o que o outro está dizendo e não sabe bem o que fazer com suas palavras. Aí Baltasar pegou-lhe a mão e disse, comovido: "Meu irmão, neste momento teu coração também se enche de alegria, agora também compreendes o maravilhoso segredo da solidão que reina nos bosques, não é verdade?" – "Não te entendo bem, querido irmão", redargüiu Fabiano, "mas, se achas que um passeio pelos bosques te faz bem, estou perfeitamente de acordo. Também gosto de passear, principalmente quando estou em boa companhia, que me proporcione uma conversa sensata e instrutiva. – Assim, por exemplo, é um enorme prazer excursionar com o nosso professor Mosch Terpin. Ele conhece cada plantinha e cada graminha, sabe os seus nomes e como classificá-las, entende dos ventos e das variações do tempo" – "Pára, peço-te, pára!", exclamou Baltasar. "Estás tocando num assunto que poderia me deixar fora de mim, se eu não tivesse meios de compensar esse desgosto. A maneira como o Professor fala sobre a natureza dilacera o meu coração. Ou melhor, provoca-me verdadeiro terror, como se estivesse vendo o louco que, na sua demência pretensiosa, acredita ser um rei e acaricia uma boneca de palha, por ele mesmo confeccionada, julgando tratar-se da princesa que será sua esposa. As assim chamadas experiências do Professor se me afiguram como um escárnio infame do Ser divino, cujo hausto nos envolve na natureza, e que desperta em nossas almas os mais profundos e sagrados pressentimentos. Muitas vezes sinto a tentação de quebrar em mil pedaços os seus vidros, suas redomas, os frasquinhos e todas as quinquilharias, mas aí me lembro em tempo de que o macaco só deixa de brincar com fogo depois de queimar as patas. – Vê, Fabiano, esses sentimentos me amedrontam e oprimem o meu coração durante as preleções de Mosch Terpin, e nessas ocasiões é provável que pareça a vocês mais pensativo e tímido do que nunca. Sinto-me, então, como se as casas fossem desabar sobre a minha cabeça, um medo indescritível impele-me para fora da cidade. Mas aqui, aqui sim, sinto-me logo envolvido por uma doce paz. Deitado na relva, contemplo a imensidão azul do céu, e acima de mim, por sobre as copas jubilosas do bosque, vão passando as nuvens douradas, qual lindos sonhos de um mundo distante, repleto de alegrias sublimes. Aí, meu Fabiano, ergue-se em meu peito um espírito maravilhoso, e eu ouço a linguagem misteriosa na qual ele se comunica com os arbustos, as árvores, as ondas do riacho. Não há palavras com que possa descrever o prazer que então inunda todo o meu ser, deixando-o vibrar numa doce e melancólica inquietação." "Ora, ora", replicou Fabiano, "aqui temos novamente a eterna e antiga história da exuberância e da tristeza, de árvores e riachos falantes. Todos os teus versos estão entremeados dessas coisas bonitas, agradáveis de ouvir e úteis também, se não procurarmos um sentido mais profundo por detrás delas. – Mas diz-me, meu caro amigo melancólico: se as preleções de Mosch Terpin tanto te irritam e ofendem, por que a todas elas assistes com tanta assiduidade, sem falar a uma única, para então, de fato, lá ficares sentado mudo e hirto, com os olhos fechados, como alguém perdido em sonhos?" – Baltasar, com os olhos baixos, replicou: "Não me faças essa pergunta, caro amigo! – Uma força desconhecida me atrai todas as manhãs à casa de Mosch Terpin. Sinto antecipadamente todos os meus tormentos, e no entanto não consigo resistir, uma fatalidade sombria me arrasta para lá!" – "Ha-ha", riu Fabiano, "que lindo, que poético, quanto mistério! A força desconhecida que te atrai irresistivelmente à casa de Mosch Terpin reside no azul profundo dos olhos da bela Cândida! – Todos nós sabemos há muito tempo que estás perdidamente apaixonado pela encantadora filhinha do Professor, e, por isso, te perdoamos as maluquices e tuas maneiras esquisitas. Apaixonados são assim mesmo. Tu te encontras no primeiro estágio da doença da paixão, e agora, que já estás quase passando da idade, tens que experimentar todos esses estranhos sintomas que nós, eu e muitos outros, felizmente já vivenciamos na escola, sem a assistência de um grande público. Mas, acredita-me, querido amigo..."

Entrementes Fabiano havia tomado novamente o braço do seu amigo Baltasar, continuando o passeio com passos rápidos. Acabavam de deixar a parte densa do bosque, enveredando pela estrada ampla que atravessava a floresta. Nesse momento, Fabiano avistou ao longe um cavalo que se aproximava sem cavaleiro, envolvido numa nuvem de poeira. – "Oh, oh!", exclamou ele, interrompendo o seu discurso, "veja lá um rocim que disparou, derrubando o seu cavaleiro. – Precisamos pegá-lo e, em seguida, procurar o seu dono na floresta." A essas palavras, postou-se no meio do caminho.

O animal foi chegando mais e mais perto, e agora tinha-se a impressão de que em ambos os lados do seu corpo balouçava um par de botas, enquanto algo escuro se mexia e remexia sobre a sela. Bem diante de Fabiano fez-se ouvir um prrr-prrr estridente, e no mesmo instante duas botas acertaram a sua cabeça, enquanto uma pequena coisa preta e esquisita rolava ao chão, por entre as suas pernas. O grande cavalo estacou, imóvel, farejando com o pescoço estirado o seu minúsculo dono, o qual se revolvia na areia e, afinal, conseguiu levantar-se penosamente. A cabeça do anão era enterrada profundamente entre os ombros. Com a protuberância nas costas e no peito, com o seu tronco atarracado e as compridas perninhas de aranha, ele em tudo se assemelhava a uma maçã espetada nos dentes de um garfo, na qual alguém havia esculpido um rosto grotesco. Ao deparar-se com aquele monstrengo à sua frente, Fabiano irrompeu em gargalhadas. Mas o pigmeu, levantando do chão o pequeno barrete e ajustando-o raivosamente à cabeça, fixou Fabiano com olhos fulminantes e perguntou-lhe com voz áspera e rouca: "É este o caminho para Querepes?" – "Sim, meu senhor!", respondeu-lhe Baltasar, sério e amavelmente, estendendo-lhe as botas que acabara de recolher do chão. Todas as tentativas do pequeno para calçar as botas foram inúteis, ele perdia o equilíbrio e rolava na areia, gemendo. Baltasar colocou as botas lado a lado, levantou suavemente o homúnculo e, baixando-o da mesma maneira, fez os seus pezinhos deslizarem para dentro dos canos pesados e largos. Altivamente, com uma mão na cintura, a outra encostada no barrete, o homenzinho disse: "Obrigado, senhor!", dirigindo-se em seguida para o cavalo e tomando-lhe as rédeas. Entretanto, debalde tentou alcançar o estribo ou montar o animal. Baltasar, sempre sério e benévolo, aproximou-se e ergueu o anão até a altura do estribo. Este, contudo, provavelmente tomou um impulso demasiado forte, pois, no momento em que ia sentar na sela, tombou para o outro lado, vindo a estatelar-se novamente no chão. "Não seja tão apressado, meu encantador senhorzinho", disse Fabiano, desatando outra vez a rir desbragadamente. "Para o diabo com o seu encantador senhorzinho", gritou o pequeno, enfurecido, enquanto sacudia a areia das roupas, "sou estudante, e, se o senhor também o é, é uma ofensa da sua parte rir covardemente na minha cara, e amanhã deverá duelar-se comigo em Querepes!" – "Com mil demônios", respondeu Fabiano, sempre rindo, "até que enfim encontro um sujeito corajoso e disposto, um sabichão peitudo, que conhece as nossas práticas." – A essas palavras suspendeu o pequeno, sem ligar para seus esperneios, e colocou-o sobre a sela do cavalo que, imediatamente, relinchando alegremente, se pôs em movimento, levando o seu minúsculo cavaleiro. – Fabiano segurava os dois lados do ventre, parecendo sufocar de tanto rir. – "É crueldade tua", observou Baltasar, "ridicularizar um ser humano tão terrivelmente deserdado pela natureza, como aquele pequeno cavaleiro. Se ele realmente for estudante, terás que lutar com ele, e mais, serás forçado a usar pistolas, embora seja contra o regulamento acadêmico, uma vez que ele não tem condições de empunhar nem a espada, nem o florete." – "Sempre levando tudo tão a sério, querido amigo Baltasar", respondeu Fabiano. "Nunca tive a intenção de ridicularizar pessoas aleijadas ou disformes. Mas, dizme, por que esse pequeno polegar encarquilhado tinha que montar um cavalo desse tamanho, quando nem consegue olhar por cima do seu pescoço? Por que foi meter os pezinhos naquelas botas enormes? Por que usa um uniforme tão apertado, todo enfeitado com mil galões, franjas e borlas, por que anda com um barrete de cetim tão esquisito? Dá para aceitar que ele seja tão obstinado e arrogante? Que emita esses sons tão barbaramente roucos? Por tudo isso ele merece ser tratado e ridicularizado como um janota empedernido. – Mas agora preciso voltar a Querepes, para assistir ao tumulto que causará a passagem do altivo senhor estudante, montado no seu garboso cavalo! – Mesmo porque contigo hoje não dá para conversar. Adeus!" – Dando meia volta, Fabiano, seguindo pela floresta, rumou rapidamente para a cidade.

Baltasar deixou a estrada e embrenhou-se no meio dos arbustos. Lá, sentou-se numa pedra coberta de musgo, vencido por sentimentos os mais amargos. Era bem possível que realmente amasse a bela Cândida, mas ele havia resguardado esse amor no mais íntimo do seu ser, como um doce e grande segredo, escondendo-o de todas as pessoas, até mesmo de si próprio. Fabiano tocara no assunto, sem tato e levianamente; naquele momento, Baltasar tivera a sensação de que mãos grosseiras e atrevidas haviam arrancado o véu da imagem sagrada que ele nunca tinha ousado tocar, e era como se a santa fosse então incriminá-lo eternamente, a ele, Baltasar. As palavras de Fabiano pareciam-lhe um abominável escárnio de todo o seu ser e dos seus mais doces sonhos.

"Então, Fabiano", exclamou, no auge da exasperação, "então me consideras um bobalhão apaixonado! – um tolo que vai todos os dias às preleções de Mosch Terpin para estar pelo menos por uma hora sob o mesmo teto com a bela Cândida, que vagueia solitário pelos bosques a fim de imaginar e escrever alguns míseros versos para a amada, que danifica as árvores, nelas inscrevendo iniciais e palavras ridículas, que na presença da moça, incapaz de dizer alguma coisa que tenha nexo, se limita a suspirar, a gemer e a fazer caretas chorosas, como se estivesse sofrendo espasmos, que traz sobre o peito nu as flores murchas que ela usou como enfeite no corpete, ou até mesmo a luva que ela perdeu – em suma, que comete uma porção de asneiras infantis! – E é por isso, Fabiano, que troças de mim, por isso, provavelmente, todos os rapazes riem de mim, e é por isso que eu, assim como o mundo interior que despertou em mim, talvez sejamos alvos da zombaria de todos. – E a bela – meiga – maravilhosa Cândida."

Ao pronunciar aquele nome, sentiu como que uma punhalada no coração! Ah, naquele momento uma voz interior sussurrava-lhe, de modo bastante audível, que era precisamente por causa de Cândida que ele ia à casa de Mosch Terpin, que ele escrevia versos para a amada, que gravava o nome dela nos troncos das árvores, que emudecia, suspirava e gemia na presença dela, trazia sobre o peito as flores murchas que ela havia desprezado, que, realmente, praticava todas as tolices das quais Fabiano, no seu modo zombeteiro, pudesse acusá-lo. – Somente agora apercebia-se de quão intensamente amava a bela Cândida, mas ao mesmo tempo sentia que, estranhamente, aquele amor tão puro e sincero se transformava em algo ridículo, quando observado de fora, um fato que talvez se devesse à profunda ironia de que a natureza reveste as ações humanas. Era possível que ele tivesse razão, porém era injusto que começasse a irritar-se com isso. Sonhos que habitualmente o envolviam desvaneceram-se, as vozes da floresta pareciam-lhe escarnecedoras e zombeteiras, e ele voltou apressadamente para Querepes.

"Senhor Baltasar! *Mon cher* Baltasar!", gritou alguém. Ele levantou os olhos e quedou imóvel, como que paralisado e entorpecido por um feitiço: ao seu encontro vinha o professor Mosch Terpin, que conduzia a sua filha Cândida pelo braço. Cândida, com a naturalidade gentil e afável própria de seu temperamento, cumprimentou Baltasar, que se assemelhava a uma estátua. – "Baltasar, *mon cher* Baltasar", disse-lhe o Professor, "o senhor é o meu aluno mais assíduo e querido! Oh, meu caro, percebo muito bem que o senhor ama tanto a natureza quanto eu, que sou apaixonado por suas maravilhas! Por certo o senhor estava herborizando nos nossos bosques? Encontrou alguma novidade interessante? – Bem! Gostaria que nos conhecêssemos melhor. Venha visitar-me – será sempre bem-vindo – podemos fazer experiências juntos – o senhor já conhece a minha bomba pneumática? – Muito bem, *mon cher*, amanhã à noite vai reunir-se na minha casa um agradável grupo de pessoas, para um chá acompanhado de pão com manteiga. Venha completá-lo com sua amável presença. – O senhor terá oportunidade de conhecer um jovem muito distinto, que me foi altamente recomendado – *Bonsoir, mon cher*, boa noite, meu caro rapaz, *au revoir*, até amanhã! – O senhor virá amanhã à minha preleção, não é verdade? – Bem, *mon cher*, adeus!" Sem esperar pela resposta de Baltasar, o professor Mosch Terpin afastou-se com sua filha.

Atônito como estava, Baltasar não ousara levantar os olhos, mas os olhares de Cândida queimavam em seu peito, ele sentia o sopro de sua respiração, e um doce frêmito perpassou o seu íntimo.

A irritação e o mau-humor dissiparam-se, e, encantado, seguiu com os olhos a adorável Cândida, até que desaparecesse nas alamedas. Em seguida, retornou aos bosques, para entregar-se a devaneios mais suaves do que nunca.

TERCEIRO CAPÍTULO

De como Fabiano não sabia o que dizer. – Cândida e as jovens que não podiam comer peixes. – O chá literário de Mosch Terpin. – O jovem Príncipe.

Ao tomar um atalho pela floresta, Fabiano pretendia chegar à cidade antes do esquisito anão que partira à sua frente. Enganara-se, porém, pois ao sair da floresta avistou-o ao longe, em companhia de um imponente cavaleiro, ambos atravessando os portões de Querepes. – "Hum!", fez Fabiano, "embora o quebra-nozes tenha chegado antes de mim no seu enorme cavalo, ainda estarei lá a tempo de assistir à algazarra que a sua chegada irá provocar. Se aquela coisa esquisita for realmente um estudante, irão indicar-lhe o 'Cavalo Alado', e, quando ele, então, parar lá com o seu prr-prr! estridente, quando arremessar as botas para o ar e se esborrachar no chão, e, ainda, se enfurecer com as risadas do pessoal – bem! – aí o circo estará armado!"

Ao entrar na cidade, Fabiano imaginava que as ruas que levavam ao "Cavalo Alado" estivessem cheias de gente dando risada. Mas não foi isso o que viu. As pessoas passavam sérias e calmamente. Na praça diante do "Cavalo Alado" passeavam e conversavam estudantes igualmente compenetrados. Fabiano tinha certeza de que o monstrengo ainda não tinha aparecido no local, mas aí, ao dar uma espiada no pátio da hospedaria, reconheceu o cavalo do anão, que naquele momento estava sendo levado para a estrebaria. Fabiano dirigiu-se ao primeiro conhecido com que deparou, perguntando-lhe se não vira passar por ali um homenzinho bizarro montado num cavalo. O homem a quem Fabiano tinha feito a pergunta nada observara, e tampouco os outros amigos, aos quais Fabiano então passou a contar o que se passara com ele e o pequeno polegar, o pretenso estudante. Todos puseram-se a rir, assegurando, entretanto, que uma criatura tão esdrúxula como a que Fabiano acabava de descrever em nenhum momento havia aparecido naquele lugar. Em vez disso, porém, tinham visto, havia pouco menos de dez minutos, dois cavaleiros elegantes, montados em belos cavalos, apeando diante da hospedaria "Cavalo Alado". "Um deles montava o cavalo que acaba de ser levado para a estrebaria?", perguntou Fabiano. "Sim, de fato", retrucou um deles. "O dono daquele cavalo tinha uma estatura um tanto pequena, mas era muito esbelto, possuía um rosto com traços agradáveis e, sobretudo, a mais linda cabeleira que se possa imaginar. Além disso, demonstrou ser um exímio cavaleiro, pois descavalgou com tanta desenvoltura e elegância quanto o primeiro estribeiro do nosso Príncipe." – "E não perdeu as botas, e não rolou no chão?", perguntou Fabiano, atônito. "De jeito nenhum!", responderam todos em coro, "que idéia, irmão! Um cavaleiro daquele quilate!" – Fabiano não sabia o que dizer. Nesse momento Baltasar despontava na rua. Fabiano correu ao seu encontro, puxou-o pelo braço e contou-lhe que o anãozinho que haviam encontrado perto da cidade e que tombara do cavalo tinha acabado de chegar, sendo por todos considerado um homem de bela aparência, elegante e excelente cavaleiro. – "Estás vendo", retrucou Baltasar, sério e calmamente, "que nem todos escarnecem como tu dos infelizes que foram deserdados pela natureza." – "Deus do céu", interrompeu-o Fabiano, "aqui não se trata de escárnio, mas apenas de se saber se um homenzinho de três pés de altura, muito parecido com um rábano, pode ser chamado de rapaz bonito e esbelto!" – Baltasar viu-se obrigado a dar razão ao amigo no que respeitava à estatura e à aparência do pequeno estudante. Os outros asseguravam que o pequeno cavaleiro era um homem distinto e bem apessoado, enquanto Fabiano e Baltasar teimavam em afirmar que nunca tinham visto um pigmeu mais abominável. Como nenhuma das partes parecia disposta a mudar de opinião, todos se separaram espantados.

Anoitecia e os dois amigos puseram-se a caminho de suas casas. Em determinado momento, sem saber como, Baltasar deixou escapar a menção ao seu encontro com o professor Mosch Terpin, que o convidara para um chá na noite seguinte. "Ah, que felizardo és", exclamou Fabiano, "que homem mais feliz! – Verás a tua amada, a senhorita Cândida, poderás ouvi-la e falar com ela!" – Baltasar, mais uma vez profundamente magoado, soltou o braço de Fabiano e quis afastar-se. Entretanto, pensando melhor, sustou o passo e, dominando o desgosto, disse-lhe: "Talvez tenhas razão, querido irmão, achando que sou um bobalhão apaixonado e tolo, é possível que eu seja mesmo tudo isso. Mas essa minha tolice é uma profunda ferida dolorosa, aberta em meu íntimo, e que, quando tocada inadvertidamente, pode provocar-me uma grande dor e levar-me a cometer algum desatino. Por isso, irmão, se realmente me queres bem, nunca mais pronuncies na minha presença o nome de Cândida!" – "Como sempre", redargüiu Fabiano, "transformas tudo em tragédia, e outra coisa não se poderia esperar de ti, no teu estado. Mas, para evitar brigas contigo, prometo que nunca mais mencionarei o nome de Cândida, até o dia em que tu mesmo me deres oportunidade para fazê-lo. Permite-me apenas que hoje ainda te diga o seguinte: suponho que terás muitos aborrecimentos por causa dessa tua paixão. Cândida é uma moça linda e maravilhosa, mas não combina com a tua índole melancólica e sonhadora. Quando a conheceres melhor, o seu modo de ser expansivo e alegre te parecerá desprovido daquela poesia que buscas em toda parte. Irás perder-te em devaneios os mais estranhos, e tudo vai acabar de maneira tumultuosa, em sofrimento e muito desespero. – Aliás, assim como tu, também fui convidado pelo nosso Professor, que certamente nos divertirá com belas experiências. – Bem, boa noite, meu caro sonhador! Dorme bem, se puderes dormir na véspera de um dia tão importante como o de amanhã!"

A essas palavras, Fabiano deixou o amigo, o qual mergulhava em profundas cogitações. – Fabiano talvez tivesse bons motivos para prever patéticos momentos de infelicidade no relacionamento de Cândida e Baltasar; o temperamento e a índole de ambos pareciam, efetivamente, dar ensejo a tais conjecturas.

Cândida, como todos tinham que admitir, era uma moça muito formosa, com olhos luminosos e envolventes, e lábios róseos, levemente carnudos. Não sei dizer se os seus belos cabelos, que sabia entrelaçar em madeixas caprichosas e extravagantes, eram loiros ou castanhos; lembro-me apenas do fato estranho de que se tornavam cada vez mais escuros, quanto mais tempo se olhava para eles. Alta, esbelta, com movimentos ágeis, a jovem era a personificação da graciosidade, sobretudo quando se encontrava em ambientes alegres e descontraídos. Diante de tantos encantos, pouco se notava que talvez seus pés e suas mãos poderiam ser menores e mais delicados. Além disso, Cândida lera os "Anos de aprendizagem de Wilhelm Meister", os poemas de Schiller e o "Anel Mágico" de La Motte Fouqué, tendo, em seguida, esquecido quase tudo o que aqueles livros continham. Tocava piano regularmente, e ocasionalmente cantava um pouco. Dançava as mais modernas gavotas e contradanças francesas e os seus bilhetes eram escritos em letra delicada e legível. Se algum defeito tivesse que ser apontado em sua pessoa, diríamos que sua voz era um tanto grave demais, que ela apertava em demasia o corpete, que demostrava um prazer exagerado ao adquirir um chapéu novo e se empanturrava de tortas à hora do chá. É bem verdade que aos olhos de alguns poetas exacerbados a bela Cândida ainda apresentava outras imperfeições, mas convenhamos que as exigências deste pessoal são descabidas. Em primeiro lugar, esperam que a Senhorita, a cada uma de suas produções poéticas, entre em transe hipnótico, suspire profundamente, vire os olhos, e, de quando em quando, desmaie um pouco, demonstrando, assim, o mais alto grau da feminilidade feminina. Além disso, é imprescindível que a referida Senhorita cante os versos dos poetas de acordo com a melodia que lhe brota do coração no momento, e em seguida fique doente de tanta emoção; ademais deverá, ela própria, escrever poesias e simultaneamente envergonhar-se se tal fato se tornar público, embora ela própria tenha escrito os versos numa folha de papel perfumada, de fina qualidade, e os enviado ao poeta. Este, por sua vez, deverá ficar enlevado e arrebatado ao receber aquelas composições poéticas, a ponto de adoecer, pelo que ninguém poderá censurá-lo. Existem ascetas poéticos que ainda vão mais longe, na medida em que consideram falta de delicadeza feminina o fato de uma moça comer, beber e vestir-se graciosamente de acordo com a moda. Eles quase se parecem com São Jerônimo, que proibiu as jovens de usarem brincos e comerem peixes. De acordo com o santo, elas devem limitar-se a consumir algumas gramíneas, estar sempre com fome, sem o sentir, usar roupas grosseiras, mal costuradas, que ocultem o seu corpo, e sobretudo escolher companheiros que sejam sérios, pálidos, tristes e um pouco sujos!

Cândida era alegre e despreocupada, motivo pelo qual não havia nada que apreciasse mais do que uma conversa descontraída, leve e bem-humorada. Tudo o que fosse divertido despertava o seu riso; nunca ela suspirava, a não ser nos dias em que a chuva impedia um passeio, ou quando o xale novo, apesar de todos os cuidados, adquiria alguma mancha. Nas ocasiões apropriadas, ela sabia demonstrar uma profunda e genuína sensibilidade, que jamais descambava em sentimentalismos banais, e assim, caro leitor, tu e eu, que não somos extravagantes, podemos certamente dizer que Cândida era uma moça de muitas qualidades. Baltasar talvez viesse a não concordar com isso! – No entanto, em breve verificaremos se a profecia do prosaico Fabiano era correta ou não!

Baltasar, excitado, tomado de uma doce e indescritível ansiedade, naturalmente não dormiu um instante a noite toda. Com a imagem da amada diante dos olhos, sentou-se à mesa e produziu uma longa seqüência de versos melodiosos, que descreviam o seu estado d'alma através de uma história mística em torno do amor de um rouxinol pela rosa. Sua intenção era apresentar este poema no chá literário de Mosch Terpin, e com ele, se possível, atingir o coração indefeso de Cândida.

Fabiano não pôde deixar de sorrir quando, ao buscar o amigo na hora combinada, viu-o vestido com um apuro incomum, como jamais havia observado nele antes. Pusera uma gola da mais fina renda de Bruxelas, e a casaca, com mangas fendidas, era de veludo. Além disso, usava botas francesas com tacão alto e debruns prateados, um chapéu inglês de material finíssimo e luvas de procedência dinamarquesa. Estava, assim, vestido à maneira alemã, e o traje lhe ficava extraordinariamente bem, sobretudo porque mandara frisar os cabelos e alisara cuidadosamente a barba.

Emocionado, Baltasar sentiu o coração disparar quando, ao entrar na casa de Mosch Terpin, Cândida veio recepcioná-lo, vestida à antiga moda alemã, amável, graciosa como sempre nos seus olhares, nas palavras e em todo o seu modo de ser. "Minha encantadora Senhorita!", suspirou Baltasar do fundo de sua alma, quando a própria Cândida, a meiga Cândida lhe ofereceu uma xícara de chá fumegante. Esta, porém, fitou-o com olhos luminosos e disse: "Caro senhor Baltasar, aqui estão o rum, o marasquino, torradas e pão preto. Por favor, sirva-se à vontade!" – Mas, em vez de dedicar a atenção ao rum, ao marasquino, às torradas e ao pão preto, ou de servir-se, Baltasar, enlevado, não conseguia desviar da encantadora moça o olhar carregado de dolorosa melancolia e do mais ardente amor; ao mesmo tempo buscava as palavras que, brotando das profundezas do seu coração, pudessem expressar os seus sentimentos. Nesse momento, o professor de estética, um homem hercúleo, agarrou-o pelas costas com o seu punho poderoso, e fê-lo girar no calcanhar, levando-o a derramar mais chá no tapete do que a boa educação permitia. Com um vozeirão trovejou: "Caro Lucas Kranach[13], não engula essa água horrorosa, o Senhor, com seu estômago alemão, vai ter uma indigestão – lá, na outra sala, o nosso bom amigo Mosch assentou uma bateria das mais belas garrafas do nobre vinho do Reno – vamos, venha estourá-las comigo!" – E, assim dizendo, arrastou o infeliz rapaz.

Nesse preciso instante, porém, veio ao encontro deles o professor Mosch Terpin, conduzindo pela mão um estranho homenzinho e anunciando com voz sonora: "Aqui, senhoras e senhores, apresento-lhes um moço dotado de qualidades as mais raras, que não tardará a conquistar o seu apreço e respeito. Trata-se do jovem senhor Cinabre, que ontem se matriculou na nossa Universidade e pretende estudar Direito!" – Fabiano e Baltasar imediatamente reconheceram o esquisito pigmeu que, na véspera, aparecera diante deles a galope e, em seguida, caíra do cavalo.

"Achas", disse Fabiano em voz baixa a Baltasar, "que devo lutar com essa mandrágora, usando zarabatanas ou sovelas? Porque essas são as únicas armas de que me poderei valer contra esse terrível adversário."

"Devias envergonhar-te", retrucou Baltasar, "por estares zombando de um homem desventurado, que, como acabaste de ouvir, possui qualidades raras e, assim, compensa com valores espirituais os atributos físicos que a natureza lhe negou." – Em seguida, voltou-se para o anão

---

13. "Para os românticos, *Lucas Kranach* era, ao lado de Dürer, o típico representante da antiga pintura alemã. Aqui trata-se de uma alusão aos trajes de Baltasar." *In*: Ed. G. Kaiser, *op. cit.*, p. 26. (N. da T.)

e disse-lhe: "Espero, caro senhor Cinabre, que a sua queda de ontem não tenha tido conseqüências graves." – Cinabre, entretanto, apoiando as costas numa bengalinha que trazia na mão, pôs-se na ponta dos pés, de forma a quase alcançar a cintura de Baltasar, jogou a cabeça para trás e, fulminando o jovem com olhos faiscantes, replicou rangendo, com uma voz de baixo profundo: "Não sei o que o senhor quer, não sei do que está falando, cavalheiro! Cair do cavalo? – *Eu* teria caído do cavalo? – Provavelmente o senhor ignora que sou o melhor cavaleiro do mundo, que jamais caio do cavalo, que fui voluntário do regimento de couraceiros, e dei aulas a oficiais e soldados, que aprenderam comigo a arte de montar um cavalo no picadeiro! – Ora, ora – cair do cavalo – eu cair do cavalo!" – A essas palavras fez menção de virar-se rapidamente, mas a bengala sobre a qual se apoiava escorregou, e o homenzinho foi parar no chão, aos pés de Baltasar. Este estendeu as mãos para ajudá-lo a levantar-se e, nisso, tocou inadvertidamente em sua cabeça. O homúnculo soltou um grito estridente que ecoou pela sala e alvoroçou todos os convidados. Rodearam Baltasar, perguntando-lhe por que, pelo amor de Deus, dera aquele berro horrível. – "Não me leve a mal, caro senhor Baltasar", disse o professor Mosch Terpin, "mas essa brincadeira foi um pouco estranha. Pois certamente o senhor quis que acreditássemos que alguém estava pisando no rabo de um gato!" – "Gato – gato – ponham para fora o gato!", gritou uma senhora nervosa, desmaiando em seguida, e, berrando "gato – gato", alguns senhores idosos, que sofriam da mesma idiossincrasia, buscaram correndo a porta.

Cândida, que despejara todo o seu frasquinho de cheiro sobre a senhora desmaiada, disse em voz baixa para

Baltasar: "Mas que balbúrdia o senhor provocou com aquele seu miau estridente, caro senhor Baltasar!"

Este não entendia o que estava lhe acontecendo. Com as faces rubras de despeito e vergonha, ele não conseguia pronunciar uma única palavra, não conseguia dizer que fora o pequeno senhor Cinabre, e não *ele*, quem dera aquele miado terrível.

O professor Mosch Terpin notou o grande constrangimento do rapaz. Aproximou-se amavelmente e disse-lhe: "Bem, bem, meu caro senhor Baltasar, acalme-se. Pude observar muito bem o que aconteceu. Inclinando-se para o chão, pulando como se tivesse quatro patas, o senhor fez uma imitação maravilhosa do gato enfurecido e maltratado. Normalmente aprecio muito esse tipo de brincadeira no campo da história natural, mas aqui, por ocasião de um chá literário..." "Mas, caríssimo senhor Professor", interrompeu-o Baltasar com veemência, "não fui eu!" – "Tudo bem, tudo bem", tranquilizou-o o Professor. Cândida aproximou-se. "Procura consolar o pobre Baltasar", disse-lhe o Professor, "ele está completamente transtornado com o acontecido."

A bondosa Cândida sentiu grande pena do infeliz Baltasar à sua frente, que, confuso, não ousava levantar os olhos. Assim, estendeu-lhe a mão e sussurrou-lhe com um sorriso envolvente: "Que gente ridícula, com tanto medo de gatos!"

Ardorosamente Baltasar levou a mão de Cândida aos lábios. Os expressivos olhos azuis da jovem repousavam sobre Baltasar. Este, sentindo-se no sétimo céu, já não se lembrava nem de Cinabre, nem do miado. – O tumulto serenara, a calma fora restabelecida. À mesa estava sentada a senhora do ataque de nervos, deliciando-se com uma boa porção de torradas que mergulhava no rum; ao mesmo passo assegurava que este era o mais eficiente bálsamo para um espírito ameaçado por forças inimigas, e que após um susto repentino vinha a doce esperança!

Também os dois senhores de idade, que lá fora, de fato, depararam com um gato fugitivo a correr-lhes por entre as pernas, retornaram mais calmos à sala, em busca, como muitos outros, da mesa de jogos.

Baltasar, Fabiano, o professor de estética e alguns jovens vieram sentar-se perto das senhoras. O senhor Cinabre, entrementes, havia puxado um banquinho e, apoiando-se nele, conseguira subir no sofá. Lá estava ele agora, sentado entre duas senhoras, lançando olhares altivos e faiscantes ao redor.

Baltasar julgou ter chegado o momento de apresentar o seu poema sobre o amor do rouxinol pela rosa. Por isso, com a devida modéstia que se espera de um jovem poeta, anunciou que, se não fosse entediar os presentes, e se pudesse contar com a benevolência generosa dos distintos convidados, tomaria a liberdade de declamar um poema, a mais recente inspiração de sua musa.

As senhoras já haviam discutido longamente todas as novidades da cidade, as moças tinham comentado exaustivamente o último baile e chegado a um acordo sobre a forma mais adequada dos chapéus da moda; os cavalheiros, por sua vez, tinham se convencido de que se passariam pelo menos duas horas até lhes serem novamente servidos petiscos e bebidas. Assim sendo, todos exortaram Baltasar a não hesitar em proporcionar-lhes o maravilhoso deleite intelectual.

Baltasar tirou do bolso o manuscrito cuidadosamente elaborado, e começou a ler.

A sua própria obra, vigorosa e transbordante de vida, criada por um genuíno talento poético, entusiasmava-o mais e mais. Sua declamação, cada vez mais arrebatada e comovida, traía o ardor do coração apaixonado. Ele vibrava de emoção, e alguns suspiros, o "ah!" sussurrado por algumas senhoras, as exclamações de alguns cavalheiros: "maravilhoso! – magnífico! – divino!" – convenceram-no de que o seu poema encantava a todos.

Finalmente chegou ao último verso, e todos os presentes gritaram: "Que poema! – que inspiração! – quanta imaginação! – que belos versos! – que forma harmoniosa! – Muito, muito obrigado, senhor Cinabre, por esse prazer divino..."

"O quê? Como?", indignou-se Baltasar. Mas ninguém lhe deu atenção. Em vez disso, todos rodearam Cinabre, que, refestelado no sofá, estufava o peito como um pequeno peru e matraqueava com a sua voz desagradável: "Não há de quê, não há de quê – desculpem qualquer coisa! É uma ninharia que escrevi às pressas, na noite passada!" – Mas o professor de estética bradou: "Maravilhoso, divino Cinabre! – Amigo do meu coração, além de mim és o maior poeta da terra! Deixa que te abrace, ó grande alma!" – A estas palavras, num gesto abrupto levantou o anão do sofá e suspendeu-o no ar, abraçando-o e beijando-o. Cinabre reagiu com rebeldia a este entusiasmo efusivo. Socando a gorda barriga do Professor com as perninhas, ele se lamentava: "Solta-me – solta-me! Está doendo – doendo – vou te arrancar os olhos – vou morder o teu nariz!" – "Não, não, meu encantador amigo", exclamou o Professor, depositando o pigmeu novamente no sofá, "não deves exagerar na modéstia!" – Mosch Terpin também deixara a mesa de jogos e, aproximando-se de Cinabre, tomou sua mãozinha, apertou-a e disse-lhe muito sério: "Meu extraordinário jovem! – Os elogios que ouvi acerca do elevado espírito de que o senhor é dotado estão muito aquém da realidade que presenciei aqui." – E o professor de estética retomou a palavra, perguntando entusiástico: "Qual é a jovem que recompensará com um beijo o maravilhoso Cinabre por este seu poema, no qual se expressa o mais profundo sentimento do mais puro amor?"

A estas palavras, Cândida levantou-se, aproximou-se do anão com as faces afogueadas, ajoelhou-se e beijou-lhe os lábios azulados da boca repelente. – "Sim", gritou então Baltasar, como que subitamente enlouquecido, "sim, Cinabre, divino Cinabre, és o autor do profundo poema sobre o amor do rouxinol pela rosa, e mereces o maravilhoso prêmio que te foi concedido!"

Em seguida, arrastou Fabiano para a sala vizinha e disse-lhe: "Por favor, olha bem para o meu rosto e dize-me com toda a sinceridade se eu sou ou não o estudante Baltasar, se tu és realmente Fabiano, se nos encontramos na casa de Mosch Terpin, se estamos sonhando – se estamos malucos – dá-me um beliscão ou sacode os meus ombros, para que eu desperte deste maldito pesadelo!"

Fabiano, porém, retrucou: "Estás louco de ciúmes. Por que te comportas de maneira tão desvairada, só porque Cândida beijou o anão? Afinal, deves reconhecer que o poema que ele recitou é, de fato, primoroso." – "Fabiano", exclamou Baltasar, estupefato, "o que estás dizendo?" – "Bem", continuou Fabiano, "estou dizendo que o poema do pigmeu foi excelente, e ele mereceu o beijo que Cândida lhe deu. – Aliás, quero crer que aquele homenzinho esquisito possui qualidades muito mais valiosas do que uma bela compleição. Mas, até mesmo no que concerne ao seu aspecto físico, eu diria que ele agora não me parece tão horrendo quanto no começo. Enquanto lia o poema, a emoção e o entusiasmo embelezaram os traços do seu rosto, a tal ponto que, em certos momentos, cheguei a considerá-lo atraente e bem apessoado, embora seja tão pequeno que mal alcança a borda da mesa. Deixa para lá estes ciúmes infrutíferos, tu, que és um poeta, deves tornar-te amigo do poeta!"

"O quê?", clamou Baltasar, furioso, "tornar-me amigo do maldito monstrengo que eu gostaria de estrangular com estas mãos?"

"Dessa maneira estás te recusando a ouvir a voz do bom senso", redargüiu Fabiano. "Mas voltemos para a sala, onde deve ter acontecido algo de novo, pois ouço aplausos."

Baltasar seguiu o amigo com passos mecânicos.

Ao entrarem, viram o professor Mosch Terpin parado no meio da sala, sozinho, ainda segurando instrumentos com os quais fizera algum tipo de experiência. Em seu rosto estampava-se total assombro. Todos os convidados haviam se reunido ao redor do pequeno Cinabre, o qual, apoiado na bengala, se firmava na ponta dos pés e recebia, com olhares altivos, os aplausos que lhe eram tributados de todos os lados. O público voltou-se novamente para o Professor, que passou a realizar mais um experimento notável. Mal completara a façanha, e todos, uma vez mais, rodearam o homúnculo, exclamando: "Admirável, inigualável, caro senhor Cinabre!"

Finalmente, o próprio Mosch Terpin correu ao encontro do homenzinho, gritando dez vezes mais alto que os outros: "Maravilhoso – espantoso, caro senhor Cinabre!"

Entre os convidados encontrava-se o jovem príncipe Gregório, estudante da Universidade. O Príncipe possuía o mais belo porte que se possa imaginar, e seu comportamento era tão requintado e desembaraçado que nele se revelavam nitidamente a nobre estirpe e o hábito de freqüentar a mais alta sociedade.

E era precisamente o Príncipe Gregório que, não se afastando um só momento de Cinabre, elogiava incansavelmente o seu estro poético e suas inigualáveis qualidades como cientista.

Estranho era o grupo que os dois formavam, um ao lado do outro. Em comparação com a bela estatura de Gregório, destacava-se, abstrusa, a figura do minúsculo homenzinho que, de nariz empinado, mal conseguia manter-se sobre as perninhas esquálidas. Os olhares das mulheres voltavam-se todos para o grupo, mas não se concentravam no Príncipe, e sim no homúnculo, que, ora na ponta dos pés, ora encolhendo-se, oscilava para cima e para baixo como um boneco de engonço.

O professor Mosch Terpin aproximou-se de Baltasar e perguntou-lhe: "O que acha do meu protegido, do meu querido Cinabre? É um homem provido de um grande potencial, e agora, quando o observo melhor, começo a pressentir as circunstâncias que envolvem a sua existência. O pastor que o educou e mo recomendou cercou de mistérios as suas origens. Repare, porém, nas suas maneiras distintas, no seu comportamento requintado e desenvolto. Certamente corre em suas veias sangue principesco, talvez seja, até mesmo, filho de um rei!" – Naquele momento anunciaram o início da ceia. Cambaleando, Cinabre aproximou-se de Cândida, agarrou desajeitadamente a sua mão e conduziu-a ao salão.

Tomado de furor, o infeliz Baltasar precipitou-se pela noite escura adentro, rumo à sua casa, fustigado pelo vento e pela chuva.

QUARTO CAPÍTULO

De como o violinista italiano Sbiocca ameaçou jogar o senhor Cinabre no contrabaixo, e o bacharel de Direito Pulcro não logrou ser nomeado para o Ministério das Relações Exteriores. – Reflexões sobre os fiscais da alfândega e o estoque de milagres para uso doméstico. – Um castão de bengala enfeitiça Baltasar.

Baltasar encontrava-se sentado numa rocha saliente, coberta de musgo, na mais recôndita solidão do bosque, e contemplava pensativo as profundezas do penhasco, onde fervilhava impetuoso um riacho por entre rochedos e arbustos emaranhados. Nuvens escuras deslizavam acima de sua cabeça e desapareciam atrás das montanhas. O rumorejar das árvores e das águas soava como um gemido abafado, entrecortado pelos gritos das aves de rapina que, abandonando o matagal espesso, alçavam vôo e se lançavam na imensidão do céu, perseguindo as nuvens fugitivas.

Tinha Baltasar a sensação de ouvir o lamento plangente da natureza traduzido nas vozes harmoniosas da floresta, como se ele próprio estivesse prestes a consumir-se nesse lamento, como se todo o seu ser se exaurisse no sentimento da mais profunda e inconsolável mágoa. A tristeza partia-lhe o coração e, enquanto as lágrimas marejavam os seus olhos, era como se os espíritos das águas estendessem ao seu encontro os alvos braços para atraí-lo às frias profundezas do seu reino.

Eis que, ao longe, ecoou pelos ares o som de alegres trompas de caça, suavizando a dor que lhe invadia o peito. Sentiu que em seu íntimo voltavam a despertar os anseios e, com eles, uma doce esperança. Olhou ao redor e, enquanto prosseguia o alarido das trompas, percebeu que as sombras escuras do bosque já não eram tão sombrias, que já não pareciam tão tristes o murmurar do vento e o sussurro dos arbustos. Voltou a ter palavras para dizer o que sentia.

"Não", exclamou, erguendo-se abruptamente e perscrutando as paragens distantes com olhares flamejantes, "não, ainda não perdi toda esperança! – Tenho certeza de que algum enigma sombrio, algum feitiço maligno entrou na minha vida, mas hei de quebrar esse encantamento funesto, nem que eu morra! – Quando, finalmente, emocionado, arrebatado pelo sentimento que dilacerava o meu peito, confessei o meu amor à doce, à encantadora Cândida, senti toda a minha ventura no seu olhar e no aperto de sua mão. – Mas, assim que aparece o maldito monstrengo, todo o amor volta-se para *ele*. Cândida passa a envolver o miserável homúnculo com seus cálidos olhares, suspiros lânguidos afloram aos seus lábios quando aquele desengonçado dela se aproxima ou toca em suas mãos. – Deve haver um mistério em torno dessa criatura, e, se eu acreditasse em contos da carochinha, diria que aquele rapaz foi encantado e tem o poder de enfeitiçar as pessoas. Afinal, não é uma loucura que todos zombem e riam daquele homenzinho disforme e desmazelado, para em seguida, assim que o pigmeu entra em cena, gritarem que ele é o mais sábio, inteligente e formoso estudante já visto em nosso meio? – Mas o que estou dizendo! Comigo já aconteceu a mesma coisa, até eu já tive momentos em que cheguei a pensar que Cinabre é um homem sagaz e bem apessoado! – Somente na presença de Cândida o feitiço não me atinge, e Cinabre continua sendo uma mandrágora repelente e estúpida. – Mas hei de lutar contra esta força hostil, pressinto em meu íntimo que algum acontecimento inesperado haverá de depositar em minhas mãos a arma de que necessito para vencer este monstro maligno!"

E assim Baltasar dispôs-se a voltar para Querepes. Seguindo por uma alameda, avistou na estrada uma pequena carruagem carregada de malas. Do seu fundo alguém lhe acenava amigavelmente com um lenço branco. Aproximando-se do veículo, Baltasar reconheceu o senhor Vincenzo Sbiocca, um célebre violinista a quem apreciava sobremaneira pelas suas execuções primorosas e expressivas, e de quem era discípulo há dois anos. "Que bom", disse Sbiocca, saltando do carro, "que bom, meu querido senhor Baltasar, meu caro amigo e discípulo, que bom encontrá-lo aqui e poder, assim, despedir-me do senhor."

"Como assim, senhor Sbiocca", disse Baltasar, "o senhor vai deixar Querepes, onde todos o respeitam e veneram, onde ninguém quer prescindir de sua presença?"

"Sim", respondeu-lhe Sbiocca, o rosto avermelhando-se-lhe de indignação, "sim, senhor Baltasar, estou deixando uma cidade onde todos endoideceram, um lugar que se parece com um enorme manicômio. – O senhor não assistiu ao meu concerto de ontem, pois tinha ido para o campo, caso contrário teria tido oportunidade de ajudar-me a defender-me daquela gente desvairada, que acabou por subjugar-me!"

"O que aconteceu, pelo amor de Deus, o que aconteceu?", exclamou Baltasar.

"Eu tocava o mais difícil concerto de Viotti, cuja execução constitui para mim motivo de orgulho e imensa satisfação. O senhor já me ouviu tocando a peça, e sempre demonstrou o mais vivo entusiasmo. Ontem, sem dúvida, eu estava de excelente humor – *anima*, compreende, meu espírito estava sereno, leve – *spirito alato*, compreende. Nenhum violinista do mundo, nem mesmo o próprio Viotti, teria sido capaz de alcançar a perfeição com que ontem executei aquele concerto. Quando terminei, irromperam os aplausos, com *furore*, diria eu, como era de esperar. O violino debaixo do braço, adiantei-me, para agradecer. – Mas! O que ouço e vejo para minha surpresa? – Todos, sem me dar a mínima atenção, correm para um canto do salão e gritam: '*bravo* – *bravissimo*, divino Cinabre! – que execução maravilhosa – que postura – quanta expressividade, quanto perfeição!' – Dirijo-me rapidamente até lá, abro caminho no meio da multidão, e vejo o quê? Um sujeito disforme, de três palmos de altura, grasnando com voz asquerosa: 'Pois não, pois não, fiz o melhor que pude, é verdade que agora sou o maior violinista da Europa e de todos os continentes conhecidos na face da terra.' – 'Com mil demônios', gritei, 'quem é que tocou o concerto, eu ou aquele verme lá?' – Como o pigmeu continuasse a grasnar: 'Pois não, estou às ordens', avanço alguns passos para agarrá-lo com as minhas mãos. Mas aí aquela gente toda cai sobre mim, gritando palavras disparatadas como inveja, ciúme e despeito. Nesse momento alguém exclama: 'E que composição!', ao que todos, em coro, repetem: 'E que composição – divino Cinabre! – sublime compositor!' Ainda mais enfurecido gritei: 'Todo o mundo ficou louco – possesso? – O autor do concerto foi Viotti, e eu – eu – o mundialmente conhecido violinista Vincenzo Sbiocca toquei a peça!' – Mas aí me agarram com força, falando de doidice italiana – *rabbia* quero dizer, de estranhas coincidências, me arrastam para uma sala ao lado, e me tratam como um doente, um louco. Logo em seguida entra correndo a signora Bragazzi, e desmaia. Com ela acontecera a mesma coisa. Tão logo terminara a sua ária, acoavam no salão os '*brava-bravissima* – Cinabre', e todos gritavam que não havia no mundo outra cantora igual a Cinabre, e este voltou a grasnar o seu maldito 'Pois não, pois não!' – A signora Bragazzi foi acometida de uma febre, e está prestes a morrer. Eu, por minha vez, salvei-me fugindo da sanha dessa gente alucinada. Adeus, meu caro senhor Baltasar! Se o senhor encontrar aquele signorino Cinabre, diga-lhe, por favor, que não se atreva a aparecer em algum concerto em que eu esteja presente. Sem sombra de dúvida eu haveria de pegá-lo pelas suas esquálidas perninhas de besouro e jogá-lo dentro do contrabaixo através da abertura acústica. Diga-lhe que lá ele poderá passar o resto da vida tocando concertos à vontade e cantando quantas árias quiser. Adeus, meu querido Baltasar, e não abandone o violino!" – Com essas palavras Vincenzo Sbiocca abraçou o estarrecido Baltasar, entrou na carruagem e partiu rapidamente.

"Tenho razão", disse Baltasar de si para si, "tenho razão, aquela coisa sinistra, o Cinabre, está encantado e enfeitiça as pessoas." – Naquele instante viu passar correndo um jovem – pálido, perturbado, loucura e desespero estampados no rosto. Baltasar angustiou-se. Julgando nele ter reconhecido um de seus amigos, foi ao seu encalço.

Após vinte ou trinta passos, deparou-se com Pulcro[14], bacharel em Direito[15], que se encontrava sob uma árvore de grande porte e, com os olhos voltados para o céu,

....
14. "No original alemão: *Pulcher*. Em latim *pulcher*, no sentido de 'belo, magnífico, ditoso'." *In*: Ed. G. Kaiser, *op. cit.*, p. 29. (N. da T.)
15. Al. *Referendar* = Bacharel em Direito, candidato a cargo superior na carreira de funcionário público. (N. da T.)

dizia: "Não! – não suportarei essa vergonha! – Todas as minhas esperanças se foram! – Agora só existe a morte para mim – adeus, vida – mundo – esperança – amada…"

A estas palavras sacou o desventurado jovem de uma pistola e apontou-a para a cabeça.

Rápido como um raio, Baltasar acercou-se do amigo e, arrancando-lhe a arma da mão, exclamou: "Pulcro, pelo amor de Deus, o que está acontecendo, o que queres fazer?"

Durante vários minutos o bacharel não conseguia voltar a si. Quase desmaiado, tombara na relva. Baltasar sentava-se ao seu lado, consolando-o como podia, sem conhecer o motivo do desespero de Pulcro.

Centenas de vezes Baltasar lhe perguntara qual teria sido o acontecimento nefasto que nele havia despertado o sombrio desejo de suicidar-se. Finalmente, Pulcro deu um profundo suspiro e começou a narrar a sua história: "Conheces, meu caro amigo Baltasar, a minha situação difícil, sabes quão grande era a minha esperança de obter o cargo de secretário particular no Ministério das Relações Exteriores. Sabes, também, como me esforcei, e com quanto empenho me preparei para o posto. Entreguei todos os documentos e trabalhos requisitados, e grande foi a minha alegria ao saber que o Ministro os havia aprovado integralmente. Com grande otimismo apresentei-me hoje de manhã para o exame oral. – Na sala encontrei um sujeito disforme, de pequena estatura, que por certo conheces pelo nome de senhor Cinabre. O conselheiro de embaixada, encarregado do exame, veio gentilmente ao meu encontro, e disse-me que também o senhor Cinabre se havia candidatado ao posto que eu almejava, e que ele, portanto, haveria de examinar *ambos*. Em seguida, sussurrou-me ao ouvido: 'Caro Senhor Bacharel, nada deve temer por parte desse concorrente, pois os trabalhos enviados pelo pequeno Cinabre são deploráveis!' – O exame teve início, e eu respondi a todas as perguntas do conselheiro. Cinabre não sabia nada, absolutamente nada. Em vez de dar respostas, ele crocitava e miava coisas que ninguém podia entender e, além disso, ao agitar descontroladamente as perninhas, caiu por diversas vezes da cadeira, obrigando-me a socorrê-lo e recolocá-lo no seu lugar. Meu coração palpitava de alegria. Os olhares amistosos que o conselheiro lançava para o pigmeu não passavam, assim pensava eu, de manifestações da mais contundente ironia. O exame terminou. Qual não foi o meu susto, tive a impressão de ser fulminado por um raio, quando o conselheiro abraçou o pigmeu, dizendo-lhe: 'Admirável senhor Cinabre! – que cultura – que inteligência – que perspicácia!' – e, voltando-se para mim: 'O senhor me decepcionou muito, senhor bacharel Pulcro – o senhor não sabe absolutamente nada! – E, não me leve a mal, o modo como o senhor se apresentou ao exame foi totalmente inconveniente, ferindo o decoro e os bons costumes! O senhor nem ao menos conseguiu manter-se sentado na cadeira, caiu várias vezes, obrigando o senhor Cinabre a erguê-lo. Diplomatas devem ser homens comedidos e discretos. – Adeus, senhor Bacharel!" – Eu ainda acreditava que tudo não passava de uma encenação abstrusa, e assim me atrevi a procurar o Ministro. Este, porém, mandou me dizer que era uma ousadia importuná-lo com minha visita, tendo em vista a maneira como eu me comportara durante o exame – que ele já estava informado acerca de tudo, e que o cargo ao qual me candidatara já havia sido dado ao senhor Cinabre! – Foi assim que alguma força demoníaca me roubou toda e qualquer esperança, e eu agora desejo apenas pôr um fim a esta vida destruída por um destino sinistro! – Deixa-me!"

"Nunca", retrucou Baltasar, "ouve-me primeiro!"

Ele passou a contar-lhe, então, o que sabia a respeito de Cinabre, a partir do momento em que este aparecera nas imediações de Querepes. Narrou-lhe o episódio do qual ele próprio fora vítima na casa de Mosch Terpin, e relatou-lhe o que acabara de ouvir de Vincenzo Sbiocca. "Tenho certeza", continuou Baltasar, "de que todos os atos desse maldito monstrengo têm sua origem em algo muito misterioso, e, acredita-me, amigo Pulcro! – se atrás de tudo isso existe a interferência de alguma magia demoníaca, é o caso de lutarmos energicamente contra esta força. Venceremos, se tivermos a coragem necessária. – Por isso, caro amigo, não deves perder o ânimo e agir precipitadamente. Vamos, juntos, enfrentar o pequeno bruxo!"

"Bruxo", exclamou com vivacidade o Bacharel, "sim, aquele pigmeu é um bruxo perverso, não há dúvida! – Mas, irmão Baltasar, o que é isso, estamos sonhando? – Bruxarias – magias – isso já não acabou há muito tempo? Não é verdade que há muitos anos o rei Pafnúcio, o Grande, introduziu o Século das Luzes, banindo do país todas as mágicas e tudo quanto fosse irracional? E ainda assim ter-se-ia introduzido aqui, clandestinamente, este tipo de mercadoria funesta? – Com a breca! Seria necessário fazermos imediatamente uma denúncia à polícia e ao fiscal da alfândega! – Mas, não, não – apenas o desvario das pessoas, ou, como estou começando a temer, uma enorme corrupção é responsável pela nossa desdita. – Dizem que o amaldiçoado Cinabre possui uma fortuna incomensurável. Outro dia encontrava-se ele em frente à

Quarto capítulo

Casa da Moeda, e as pessoas apontavam para ele, gritando: 'Vejam o pequeno e formoso Papai! – a ele pertence todo o ouro cunhado lá dentro!'"

"Calma, calma, meu amigo", retrucou Baltasar, "não é com o ouro que o monstrengo obtém o que deseja, existe algum sortilégio por detrás de tudo isso! – É verdade que o rei Pafnúcio introduziu o Século da Luzes para o bem-estar do seu povo e de seus descendentes, mas ainda assim sobraram alguns resquícios, coisas prodigiosas e incompreensíveis. Acredito que um bom estoque de milagres deva ter ficado guardado, para uso doméstico. Assim, por exemplo, ainda acontece que das mais medíocres sementes nasçam as mais altas e frondosas árvores, e até mesmo os mais diversos frutos e cereais com os quais enchemos as nossas barrigas. Além disso, ainda permitem que as flores coloridas e os insetos ostentem em suas pétalas e asas matizes os mais brilhantes, e até mesmo os mais intrigantes hieróglifos, dos quais ninguém sabe dizer se se trata de uma pintura a óleo, de um guache ou de uma aquarela, e nenhum calígrafo é capaz de decifrar esta escrita, muito menos de imitá-la. – Ah, meu caro Bacharel, confesso-te que, por vezes, coisas estranhas acontecem em meu íntimo! – Guardo o meu cachimbo, ando pelo meu quarto, e uma voz estranha sussurra que eu próprio sou um milagre, que o feiticeiro microcosmo está agindo dentro de mim e incitando-me às mais diversas tolices! – Mas em seguida, amigo, corro lá para fora, olho para a natureza, e entendo tudo o que as flores e as águas me dizem, e sinto-me envolto por um prazer celestial!"

"Estás delirando", exclamou Pulcro; mas Baltasar, sem dar-lhe atenção, abriu os braços em direção ao infinito, como que invadido por um anelo ardente. "Ouve", disse Baltasar, "ouve, amigo Bacharel, a música sublime que ecoa pelo bosque no rumorejar da brisa noturna! – Estás percebendo como as fontes intensificam o seu cântico, como os arbustos, as flores tudo acompanham com suas vozes maviosas?"

O Bacharel aguçou os ouvidos para ouvir a música a que se referia Baltasar. "De fato", retrucou, "ouço sons vibrando no bosque, os mais belos e maravilhosos que já ouvi em toda a minha vida, que me comovem profundamente. No entanto, estas melodias não provêm do bosque, tampouco dos arbustos ou das flores. Quer me parecer, isto sim, que lá ao longe alguém esteja tangendo os sinos de um acordeão[16]."

Pulcro tinha razão. Com efeito, os acordes sonoros, que se avolumavam mais e mais, aproximando-se progressivamente, assemelhavam-se aos sons de um acordeão, cujo tamanho, entretanto, devia ser indescritível. Ao avançarem mais alguns passos, depararam os dois amigos com um espetáculo fantástico, que os deixou estupefatos e como que petrificados. A pouca distância do lugar em que se encontravam, viram um veículo que, movendo-se lentamente, transportava um homem vestido à maneira chinesa. Em sua vestimenta destoava apenas um barrete fofo, adornado com longas penas balouçantes. A carruagem assemelhava-se a uma concha aberta de cristal cintilante, e as rodas pareciam feitas do mesmo material. À

---

16. Al. *Glocken einer Harmonika*: sinos de um acordeão. "Referência a um *acordeão de vidro*, não mais tocado em nossos dias. Trata-se de um instrumento cujos sons eram produzidos por sinos, bastões ou pequenos canos de vidro, os quais, tangidos, emitiam determinada vibração harmoniosa." *In*: Ed. G. Kaiser, *op. cit.*, p. 31. (N. da T.)

medida que se moviam, produziam a música maravilhosa que os amigos tinham ouvido ao longe. Dois unicórnios brancos, com arreios dourados, puxavam a carruagem, um faisão prateado fazia as vezes do cocheiro, segurando no bico as rédeas de ouro. Na traseira encontrava-se um enorme escaravelho que, agitando as asas, parecia estar abanando o estranho homem que viajava na concha. Ao passar pelos dois amigos, ele lhes fez um aceno gentil com a cabeça. Neste momento, partiu um raio da pedra fulgurante que arrematava a bengala do insólito personagem, atingindo Baltasar, que, com o peito abrasado, estremeceu e soltou um profundo suspiro.

O homem lançou-lhe um olhar, sorriu e deu-lhe um aceno ainda mais amistoso. Assim que a prodigiosa carruagem desapareceu na densa floresta, e ecoando ainda nos ares a melíflua melodia, Baltasar abraçou o amigo, esfuziante e arrebatado: "Amigo Bacharel, estamos salvos! – Vimos agora mesmo o homem que vai acabar com a infame feitiçaria do Cinabre!"

"Não sei dizer", respondeu-lhe Pulcro, "como me sinto no momento, se estou acordado ou se estou sonhando. Mas uma coisa é certa: uma alegria me invade, como nunca a senti antes, a esperança e o consolo renascem no meu coração."

QUINTO CAPÍTULO

De como o príncipe Barsanuf saboreou, no café da manhã, cotovias da Lípcia e o licor de Danzig, viu sua calça de casimira maculada por uma mancha de manteiga, e promoveu o secretário particular Cinabre ao posto de conselheiro titular. – Os livros ilustrados do professor Próspero Alpano. – De como um porteiro bicou o dedo do estudante Fabiano, e este se apresentou trajando uma casaca de abas longas, sendo por isso escarnecido por todos. – A fuga de Baltasar.

Já não há como ocultar o fato de que o Ministro das Relações Exteriores, que havia empregado o senhor Cinabre na qualidade de secretário particular, era um descendente do barão Pretexto de Luar, daquele mesmo barão que, debalde, havia procurado a árvore genealógica da fada Rosabelverde nos livros de Rixner e nas crônicas. Chamava-se, como o seu ancestral, Pretexto de Luar, era um homem de maneiras finas, muito culto, que jamais cometia erros de gramática, assinava o nome à maneira francesa, possuía uma caligrafia legível e por vezes até mesmo *trabalhava*, sobretudo quando chovia. O príncipe Barsanuf, sucessor do grande Pafnúcio, apreciava-o imensamente, porque a cada pergunta ele tinha uma resposta, além disso jogava boliche com o Príncipe nas horas vagas, entendia muito de negócios rentáveis e era um dançarino ímpar da gavota.

Certo dia o barão Pretexto de Luar convidou o Príncipe para o café da manhã, de cujo cardápio constavam cotovias da Lípcia e alguns cálices do licor de Danzig. Chegando à residência do Barão, o Príncipe entrou na antecâmara, em meio a diversos diplomatas, entre eles o pequeno Cinabre, que, apoiado na bengala, lançou-lhe olhares faiscantes e, sem se importar com a sua presença, enfiou na bocarra uma cotovia assada que acabara de surripiar da mesa. Tão logo avistou o pigmeu, o Príncipe dirigiu-lhe um sorriso benévolo, voltando-se, em seguida, ao Ministro: "Barão de Luar, quem é aquele homenzinho bem apessoado e de aguda inteligência que está empregado aqui neste Ministério? – Certamente é o mesmo que redige aqueles excelentes relatórios que venho recebendo de Vossa Excelência." – "De fato, Alteza", retrucou de Luar, "devo agradecer ao destino por me ter enviado esse homem, o funcionário mais perspicaz e habilidoso que já tive em meu escritório. Chama-se Cinabre, e eu só posso recomendá-lo, pedindo a benevolência de Vossa Alteza em favor desse jovem maravilhoso. Ele está trabalhando comigo há poucos dias apenas." – "Por isso mesmo", disse um jovem e simpático rapaz que se havia aproximado, "se Vossa Excelência me permite, o meu pequeno colega ainda não expediu coisa nenhuma. Os relatórios que tiveram a honra de ser lidos e apreciados por vós, meu magnífico Príncipe, são de minha autoria." – "O que o senhor está querendo dizer?", perguntou irado o Príncipe. – Cinabre havia se aproximado do Príncipe, mastigando as cotovias ruidosa e vorazmente. – O jovem, com efeito, era o autor dos relatórios, mas disse-lhe o Príncipe, indignado: "O que é que o senhor quer? O senhor nunca teve uma pena na mão! – E o fato de estar comendo cotovias na minha presença, de maneira que, como percebo com grande irritação, minhas calças novas de casimira tenham sido lambuzadas de manteiga, o fato, além disso, de ficar mastigando perto de mim, ruidosamente, e sem qualquer decoro – sim! – tudo isso prova que o senhor é totalmente inadequado para a carreira diplomática! – Aconselho-o a ir para casa e não aparecer mais na minha presença, a não ser que encontre um bom produto para limpar as minhas calças – talvez então possa tratá-lo com alguma benevolência!" – Em seguida, voltando-se para Cinabre: "Homens como o senhor, meu caro Cinabre, dignificam o Estado e merecem todas as honras. Nomeio-o, portanto, meu conselheiro titular!"[17] – "Muito agradecido", roncou Cinabre, engolindo o último pedaço de uma cotovia e limpando a bocarra com as mãozinhas, "muito agradecido, vou tratar dessa geringonça como me compete."

"Autoconfiança altaneira", disse o Príncipe, solenemente, "é prova de força interior que deve animar o coração de todo estadista!" – Após esse pronunciamento, Sua Alteza tomou com prazer o pequeno cálice de licor oferecido pelo próprio Ministro. – O novo Conselheiro foi convidado a sentar-se entre o Príncipe e o Ministro. Vorazmente ingeriu quantidades inacreditáveis de cotovias, bebeu, misturando tudo, diversos licores, rosnou e grunhiu entre os dentes, e ficou o tempo todo gesticulando intempestivamente com as perninhas e os bracinhos, uma vez que mal alcançava a superfície da mesa com o seu nariz pontiagudo.

Finda a refeição, exclamaram ambos, o Príncipe e o Ministro: "Que homem angelical é esse Conselheiro Titular!"

"Estás com uma expressão tão alegre", disse Fabiano ao seu amigo Baltasar, "teus olhos têm um brilho especial. – Estás feliz? – Ah, Baltasar, talvez estejas imerso num belo

---

17. Título fantasioso, inexistente na carreira diplomática. (N. da T.)

sonho, mas é necessário que eu te desperte, é o dever do amigo!"

"O que aconteceu?", perguntou Baltasar, sobressaltado.

"Bem", continuou Fabiano, "é preciso que eu te diga a verdade! – Controla-te, meu amigo! – Pensa bem, talvez não haja no mundo algo que nos machuque mais e que, no entanto, possamos superar com mais rapidez! – Cândida..."

"Por Deus", gritou Baltasar, apavorado, "o que aconteceu com Cândida? – Ela morreu?"

"Calma, meu amigo", retrucou Fabiano, "calma! – Cândida não morreu, mas é como se tivesse morrido para ti. Fica sabendo que o anão Cinabre foi nomeado conselheiro titular e que a bela Cândida se tornou sua noiva. Dizem que ela está perdidamente apaixonada por ele."

Fabiano acreditava que Baltasar, a esta revelação, haveria de desesperar-se e prorromper em imprecações. Em vez disso, respondeu-lhe com um sorriso tranqüilo: "Se for só isso, nada aconteceu que me pudesse entristecer."

"Deixaste de amar Cândida?", perguntou Fabiano, atônito.

Respondeu Baltasar: "Amo essa criatura adorável, divina, com todas as forças do meu coração, com todo o fervor que possa incendiar o peito de um homem! E eu sei – ah, sei que ela retribui este amor, e que ela apenas se encontra sob o poder de um maldito feitiço. Em breve, porém, hei de quebrar esse encantamento, logo destruirei o monstro que enfeitiça a minha pobre Cândida."

Em seguida, contou Baltasar ao amigo o encontro que tivera no bosque com o estranho homem, sentado naquela insólita carruagem. Concluiu o relato dizendo que, ao receber no peito o raio lançado pela bengala daquele enigmático personagem, sentiu em seu íntimo a plena convicção de que Cinabre não passava de um pequeno bruxo, cujo poder aquele homem haveria de destruir.

"Mas, Baltasar", exclamou Fabiano, "como é que podes ficar imaginando coisas tão disparatadas? – O homem que acreditas ser um feiticeiro é o doutor Próspero Alpano, que mora numa casa de campo aqui perto da cidade. É verdade que correm os mais estranhos boatos acerca de sua pessoa, de sorte que quase se poderia tomá-lo por um segundo Cagliostro. Mas o culpado disso é ele próprio. Gosta de cercar-se de mistério, de assumir a aparência de um homem que conhece os mais recônditos segredos da natureza e que possui o domínio sobre forças incógnitas. Além disso, ele tem idéias as mais bizarras. Assim, por exemplo, sua carruagem é tão estranha que pessoas dotadas de uma imaginação vivaz e calorosa, como tu, meu amigo, certamente poderão ser induzidas a acreditar que todo aquele aparato constitui uma miragem saída de um conto de fadas mirabolante. Portanto, ouve o que vou te dizer! – O seu cabriolé tem a forma de uma concha e é inteiramente prateado, e entre as rodas encontra-se um realejo que passa a tocar automaticamente assim que o veículo se põe em movimento. O que julgaste ser um faisão prateado era, por certo, o seu pequeno lacaio vestido de branco; da mesma forma, deves ter confundido os gomos do seu guarda-sol aberto com as asas de um escaravelho dourado. Nas cabeças dos seus dois cavalinhos brancos ele manda afixar grandes chifres, para que se pareçam com seres mitológicos. Além disso, é verdade, o doutor Alpano possui uma bonita bengala de junco com um cristal extraordinariamente cintilante, o qual arremata o topo da bengala, e sobre cujos efeitos maravilhosos muito se tem falado, ou melhor, inventado. Dizem que o olho humano mal pode suportar o fulgor desse cristal. Afirmam também que, se o Doutor o cobrir com um pequeno véu, e fixarmos o olhar no seu centro, surgirá, como num espelho côncavo, a imagem da pessoa em quem estamos pensando."

"Realmente?", interrompeu Baltasar o amigo, "realmente contam essas coisas? O que mais dizem do doutor Próspero Alpano?"

"Ora", retrucou Fabiano, "não vais querer que eu continue falando dessas brincadeiras malucas. Bem sabes que até hoje existem pessoas esquisitas que, contrariando todo e qualquer bom senso, acreditam em todos os assim chamados milagres de tolos contos da carochinha."

"Vou confessar-te", continuou Baltasar, "que me vejo obrigado a considerar-me uma dessas pessoas esquisitas, destituídas de bom senso. Madeira prateada não é, e nunca será, cristal transparente e fulgurante, um realejo não tem o som de um acordeão, um faisão prateado não é um lacaio, e um guarda-sol não pode ser confundido com um escaravelho dourado. Ou aquele homem extraordinário que encontrei não é o doutor Próspero Alpano de quem estás falando, ou então aquele Doutor realmente dispõe dos mais espantosos poderes."

Respondeu-lhe Fabiano: "Para curar-te completamente dos teus estranhos devaneios, o melhor será levar-te à casa do doutor Próspero Alpano. Lá poderás constatar, com teus próprios olhos, que o Doutor não passa de um médico comum, e não tem o hábito de passear com unicórnios, faisões prateados e escaravelhos dourados."

"Meu amigo", retrucou Baltasar, com os olhos cintilantes, "o que estás me propondo corresponde ao que desejo do fundo do coração. Vamos, não percamos tempo."

Quinto capítulo

Dentro em pouco encontravam-se os dois diante do portão que vedava o acesso ao parque, em cujo centro se erguia a casa de campo do doutor Alpano. "Não sei como é que vamos conseguir entrar", disse Fabiano. "Penso que devemos bater", respondeu Baltasar, agarrando a aldrava de metal, colocada perto da fechadura.

Mal tinha ele soerguido a argola, fez-se ouvir um murmúrio subterrâneo, semelhante a um trovão longínquo, que parecia perder-se nas profundezas. O portão abriu-se lentamente, os amigos entraram e puseram-se a caminhar por uma longa alameda. Por entre as árvores podiam avistar a casa de campo. "Estás sentindo alguma coisa extraordinária ou mágica por aqui?", perguntou Fabiano. "Eu diria", redargüiu Baltasar, "que a maneira como se abriu esse portão não foi muito normal; além disso, não sei, tudo aqui se me afigura tão maravilhoso, tão fantástico. – Existirão em outro lugar árvores tão frondosas como as que estamos vendo neste parque? Algumas árvores, alguns arbustos, com seus troncos brilhantes e suas folhas cor de esmeralda até parecem originárias de terras estranhas e remotas."

Fabiano avistou duas rãs de tamanho incomum que, desde o portão, acompanhavam saltitando os dois caminhantes. "Que belo parque onde vive este tipo de praga!", exclamou Fabiano, abaixando-se para pegar uma pedrinha que pretendia atirar nos alegres bichos. Ambos fugiram para os arbustos, de onde passaram a observá-lo com olhos brilhantes e humanos. "Esperem, esperem só", gritou Fabiano. Fez pontaria e atirou a pedra em uma das rãs. No mesmo instante ouviu-se o coaxar de uma mulher pequena e feia, sentada à beira do caminho: "Seu grosseiro! Pare de jogar pedras em gente honesta que ganha o seu pão minguado trabalhando neste jardim!" – "Vem, vem logo", murmurou Baltasar, apavorado, pois ele bem percebera que a rã se transformava na velha. Uma olhadela nos arbustos convenceu-o de que a outra rã, agora metamorfoseada num velhinho, se ocupava em arrancar ervas daninhas.

À frente da casa de campo estendia-se um grande e belo gramado, onde pastavam os dois unicórnios, enquanto nos ares ecoavam os mais harmoniosos acordes.

"Estás vendo, estás ouvindo?", perguntou Baltasar.

"Nada vejo", replicou Fabiano, "além de dois cavalinhos brancos comendo grama, e os sons que ouvimos certamente provêm de harpas eólias, expostas ao vento."

A arquitetura bela e simples da casa de campo, um edifício de tamanho médio, de um só andar, encantou Baltasar. Tocou a campainha, e a porta abriu-se imediatamente. Um grande pássaro, de plumagem dourada e reluzente, assemelhando-se a um avestruz, apresentou-se aos amigos como porteiro.

"Repara só", disse Fabiano a Baltasar, "nesse uniforme maluco! – Se quisermos dar-lhe uma gorjeta, será que ele terá uma mão para metê-la no bolso?"

Em seguida dirigiu-se ao avestruz, agarrou-o pelas penas brilhantes que, sob o bico, se eriçavam como um vistoso jabô, e disse-lhe: "Anuncia-nos ao Doutor, meu elegante amigo!" – O avestruz, porém, nada disse além de "Pirrr" – e bicou-o no dedo. "Com a breca!", gritou Fabiano, "não é que esse sujeito, afinal, é mesmo um maldito pássaro!"

No mesmo momento abriu-se uma porta interna, e o Doutor em pessoa veio ao encontro dos amigos. – Era um homenzinho magro e pálido! – Usava um pequeno gorro de veludo, que cobria uma bela cascata de longos cabelos cacheados. Vestia, além disso, uma túnica cor de terra, em estilo indiano, e pequenas botas vermelhas, ornadas, não se podia distingui-lo bem, com peles coloridas ou plumas coloridas de algum pássaro. Em sua fisionomia estampavam-se serenidade e bondade. Causava estranheza apenas o fato de que, quando observado bem de perto e com muita atenção, se tinha a impressão de que o seu rosto abrigava ainda um outro rosto, menor, como que protegido num estojo de vidro.

"Caros senhores", disse Próspero Alpano, com voz suave e algo dolente, sorrindo gentilmente, "olhando pela janela eu os vi chegar, e já antes sabia que viriam procurar-me, ao menos no que diz respeito ao senhor, meu caro senhor Baltasar. – Tenham a bondade de seguir-me!"

Próspero Alpano conduziu-os a uma sala redonda e alta, guarnecida, em toda a sua extensão, com cortinas azuis-celestes. A luz entrava por uma janela na abóbada e iluminava uma mesa de mármore polido, apoiada sobre uma esfinge, que se encontrava no meio da sala. De resto, não havia nada de extraordinário naquele aposento.

"Em que posso servi-los?", perguntou Próspero Alpano.

Armando-se de coragem, Baltasar contou-lhe o que lhe sucedera com o pequeno Cinabre, a partir do primeiro dia em que este aparecera em Querepes. Finalizou o relato asseverando que nele, em Próspero Alpano, via o mago benfazejo capaz de acabar com as feitiçarias ignóbeis de Cinabre.

Próspero Alpano quedou pensativo e mudo por alguns instantes. Finalmente, disse, sério e com voz grave: "Não há como duvidar, Baltasar, de que em torno do pequeno Cinabre existe um grande mistério. – Mas, primeiramente, é necessário conhecer o inimigo a ser enfrentado, é preciso conhecer as causas cujos efeitos queremos destruir. Suponho que o pequeno Cinabre nada mais seja do que uma mandragorazinha. Vamos dar uma olhada."

A essas palavras, Próspero Alpano puxou um dos cordões de seda que pendiam no teto do salão. Uma cortina descerrou-se, mostrando enormes livros com capas douradas. Em seguida, desceu até o chão uma delicada escada de cedro. Próspero Alpano subiu essa escada e foi buscar lá em cima um dos volumosos livros. Colocou-o sobre a mesa de mármore, depois de tirar-lhe cuidadosamente o pó com um feixe de reluzentes penas de pavão. "Esta obra", disse em seguida, "trata das mandrágoras, e todas elas estão retratadas aqui. Talvez o senhor encontre o seu inimigo Cinabre entre elas, e com isso ele estará em seu poder."

Quando Próspero Alpano abriu o volume, os amigos viram uma série de estampas coloridas, representando os mais estranhos e deformados homenzinhos, as mais grotescas caretas que se possam imaginar. Assim que Próspero tocava em um deles, a figura saltava fora do livro, adquiria vida, sapateava sobre a mesa de mármore, estalava os dedinhos e executava piruetas fantásticas com as perninhas tortas, cantando quirr, quapp, pirr, papp, até Próspero agarrá-la pela cabeça e recolocá-la no livro, onde ela imediatamente se imobilizava e se transformava em imagem colorida.

Desta maneira foram examinadas todas as figuras do livro, mas, a cada vez que, julgando reconhecer o inimigo, Baltasar queria gritar "É este, este é o Cinabre", uma análise mais detalhada forçava-o a recuar e admitir que aquele homenzinho não era o Cinabre.

"Isso é muito curioso", observou Próspero Alpano, ao terminarem o estudo do livro. "No entanto", prosseguiu, "talvez Cinabre seja um gnomo. Vejamos."

Com rara habilidade ele voltou a subir a escada de cedro, retirou outro volume da prateleira, limpou cuidadosamente o pó, e depositou-o na mesa de mármore, dizendo: "Esta obra trata dos gnomos. Quem sabe descobrimos o Cinabre neste livro." – Novamente os amigos viram diante de si uma série de estampas coloridas, representando monstros horríveis de cor parda. Tão logo Próspero Alpano os tocava, emitiam lamentos chorosos e coaxantes, saíam rastejando penosamente do livro, e revolviam-se grunhindo e gemendo sobre a mesa de mármore, até o Doutor enfiá-los novamente no livro.

Baltasar, uma vez mais, foi incapaz de reconhecer Cinabre.

"Estranho, muito estranho", disse o Doutor, pondo-se a meditar profundamente.

Em seguida, prosseguiu: "O rei dos besouros não pode ser, uma vez que ele, como sei com toda a segurança, no momento está ocupado em outro lugar; o marechal das aranhas também está fora de cogitação, porque ele, embora feio na aparência, é inteligente e habilidoso, vive do próprio trabalho, sem arrogar a si os feitos dos outros. Estranho – muito estranho..." Próspero emudeceu novamente por alguns minutos, de sorte que se tornaram audíveis vozes maravilhosas, ora isoladas, ora em acordes que se avolumavam sonoros. "Por toda parte e o tempo todo o senhor está cercado de uma música maravilhosa, caro Doutor", observou Fabiano. Próspero Alpano, porém, não parecia dar atenção ao que Fabiano dizia. Em vez disso, fitou Baltasar fixamente, estendendo ambos os braços em sua direção, e movimentando, em seguida, as pontas dos dedos, como se o estivesse aspergindo com gotas invisíveis.

Finalmente, o Doutor tomou ambas as mãos de Baltasar e disse-lhe, com gravidade e gentileza: "Somente a mais pura consonância do princípio psíquico, dentro da lei do dualismo, favorece a operação que empreenderei agora. Sigam-me!"

Os amigos acompanharam o Doutor, atravessando várias salas que nada continham de extraordinário além de alguns animais estranhos, que se entretinham lendo, escrevendo, pintando e dançando. Afinal, abriu-se uma grande porta e os amigos viram-se diante de uma pesada cortina. Próspero Alpano desapareceu por detrás dela, deixando-os na mais profunda escuridão. Em seguida, abriu-se a cortina, e os dois perceberam que se encontravam numa sala aparentemente oval, na qual se espalhava um lusco-fusco mágico. Reparando nas paredes, era como se o olhar se perdesse em enormes bosques verdejantes e prados floridos, com fontes e rios rumorejantes. Próspero Alpano apareceu, vestido de branco, como um sacerdote hindu, colocando no meio da sala um grande espelho de cristal, recoberto com um véu.

"Baltasar", disse ele, com voz abafada e solene, "aproxime-se deste espelho e concentre o seu pensamento em Cândida – *queira*, com todas as forças de sua alma, que ela lhe apareça neste momento que agora existe no espaço e no tempo..."

Baltasar fez o que lhe fora ordenado, enquanto Próspero se posicionava atrás dele, descrevendo círculos ao seu redor com ambas as mãos.

Alguns segundos depois começou a adensar-se sobre o espelho um vapor azulado. Cândida, a bela Cândida,

Quinto capítulo

foi se delineando encantadora e cheia de vida, sobre a superfície vítrea. Mas ao seu lado estava sentado o detestável Cinabre, apertando suas mãos, beijando-a. E Cândida abraçava e acariciava o monstro! Baltasar quis gritar, mas Próspero Alpano o agarrou pelos ombros, e o grito afogou-se em seu peito. "Calma, Baltasar", disse Próspero com voz velada, "calma! Segure esta bengala e castigue o anão, mas sem sair do lugar em que está." Baltasar obedeceu e viu, com imensa satisfação, que o pigmeu se vergava sob os golpes, rolando no chão. No auge da fúria, deu um passo à frente, e eis que a imagem se desfez. Próspero Alpano reteve Baltasar com toda a força, gritando: "Pare! Se o senhor quebrar o espelho mágico, estamos todos perdidos! Voltemos para um ambiente mais claro." Seguindo as instruções do Doutor, os amigos deixaram a sala e dirigiram-se para um aposento iluminado, anexo à sala.

"Graças aos céus", disse Fabiano, respirando profundamente, "saímos daquela sala enfeitiçada. Aquele ar abafado estava oprimindo meu coração, sem falar de todos aqueles jogos de prestidigitação, que detesto do mais fundo da minha alma!"

Baltasar estava para responder-lhe, quando Próspero Alpano entrou no aposento.

"Agora sei", disse ele, "que o disforme Cinabre não é nenhuma mandrágora, nem um gnomo, e sim apenas um ser humano comum. Mas existe um poder secreto, mágico, que o protege. Até agora não me foi possível reconhecê-lo, e é por isso que ainda não tenho condições de ajudar. – Volte a procurar-me em breve, Baltasar, e então veremos o que se pode fazer. Adeus!"

Fabiano aproximou-se do Doutor e disse: "Então, Doutor, o senhor é um feiticeiro e, apesar de todas as suas mágicas, é incapaz de dominar aquele pequeno e desprezível Cinabre? – Sabe o quê? Considero o senhor um charlatão consumado, juntamente com todas as suas figuras coloridas, seus bonequinhos, espelhos mágicos e todos os outros truques. – O Baltasar está apaixonado e escreve poesias – a ele o senhor pode dizer uma porção de asneiras e até mesmo convencê-lo, mas a mim o senhor não engana! – Sou um homem esclarecido e não acredito em milagres!"

"Pense o que quiser", replicou Próspero Alpano, rindo com uma afabilidade insuspeita, tendo-se em vista a sua natureza circunspecta. "No entanto", continuou, "embora eu não seja realmente um feiticeiro, possuo algumas habilidades nada desprezíveis..."

"Que o senhor talvez tenha aprendido nos compêndios Wiegleb, ou em outro lugar!", disse Fabiano com vivacidade. "Mas neste campo o nosso professor Mosch Terpin lhe é infinitamente superior, e o senhor não pode pretender comparar-se a ele, pois aquele homem honesto e íntegro sempre nos mostra que tudo acontece de maneira natural, e, além disso, ele não se cerca de mil apetrechos misteriosos como o senhor, meu caro Doutor. – Bem, despeço-me, com a sua licença!"

"Ora", respondeu o Doutor, "o senhor não vai querer partir tão aborrecido, não é verdade?"

A essas palavras, o Doutor passou as mãos várias vezes ao longo dos braços de Fabiano, dos ombros até os pulsos, de sorte que este, com uma sensação estranha, perguntou apreensivo: "O que é que o senhor está fazendo, Doutor?" – "Podem ir, cavalheiros", disse o Doutor. "Espero vê-lo em breve, senhor Baltasar. Logo encontraremos a solução do problema."

Quinto capítulo

"Não receberás gorjeta nenhuma, amigo", disse Fabiano ao porteiro de penas douradas, no momento da saída, agarrando-o pelo jabô. Mais uma vez o porteiro respondeu com um "quirr", e novamente bicou o dedo do estudante.

"Maldito bicho", disse Fabiano, e saiu correndo. As rãs, solícitas, acompanharam os dois amigos até o portão, que se abriu e fechou com um estrondo surdo. – "Não compreendo, irmão", disse Baltasar, caminhando na estrada atrás de Fabiano, "por que estás usando esse paletó esquisito, com abas tão compridas e mangas tão curtas."

Espantado, Fabiano constatou que, na parte traseira, o seu paletó havia crescido até o chão, enquanto as mangas, normalmente de tamanho adequado, haviam encolhido até a altura dos cotovelos.

"Com mil demônios, o que é isso?", gritou, puxando as mangas e levantando os ombros. Tal procedimento pareceu dar certo, mas, tão logo transpuseram o portão da cidade, novamente as mangas encolheram e as abas do paletó cresceram. Apesar de todas as puxadas e esticadas, as mangas se mantinham na altura dos ombros, expondo os braços nus de Fabiano, e as abas do paletó o acompanhavam como uma longa cauda que aumentava mais e mais. Na rua, todo o mundo parou e começou a rir. A garotada, na maior algazarra, pisoteou a longa sotaina, derrubando Fabiano. Tão logo este se levantou, percebeu que não faltava um único pedaço daquela cauda infernal, pelo contrário, ela se tornara ainda mais longa! – As risadas e gritarias tornavam-se mais e mais alvoroçadas, até Fabiano, quase fora de si, refugiar-se numa casa cuja porta encontrou aberta. – Imediatamente a cauda desapareceu, e o paletó voltou ao seu estado normal.

Baltasar nem teve tempo de espantar-se com o estranho encantamento que se apoderara de Fabiano. Pulcro, o Bacharel, agarrou-o, arrastou-o até uma rua afastada e disse-lhe: "Como ousas aparecer em Querepes, por que não desapareceste ainda, já que há uma ordem de prisão contra ti e estás sendo procurado pela polícia?" – "O que estás dizendo, o que significa isso?", perguntou Baltasar, estupefato. Respondeu-lhe o Bacharel: "A loucura do ciúme levou-te a invadir o domicílio de Mosch Terpin e a agredires Cinabre, que se encontrava ao lado da noiva. Quase mataste aquele pigmeu deformado a pauladas!" – "Que absurdo", gritou Baltasar, "estive fora da cidade o dia inteiro, isso é uma mentira infame." "Não digas mais nada", interrompeu o Pulcro, "idéia maluca do Fabiano de vestir um paletó com uma cauda salvou-te. Ninguém, no momento, está prestando atenção em ti. – Agora evita apenas passar pela vergonha de ser preso, o resto deixa por nossa conta. Já não podes voltar para casa! Dá-me a chave, logo te mandarei tuas coisas. – Rápido, vamos para *Hoch-Jakobsheim!*"

Com estas palavras, o Bacharel agarrou Baltasar pelo braço e arrastou-o por ruelas afastadas, conduziu-o pelo portão da cidade e levou-o para *Hoch-Jakobsheim*, a aldeia onde o famoso estudioso Ptolomeu Philadelpho escrevia o seu estranho livro sobre a desconhecida raça dos estudantes.

SEXTO CAPÍTULO

De como o conselheiro titular Cinabre foi penteado no jardim e tomou um banho de orvalho na grama. – A comenda do Tigre Malhado de Verde. – A feliz idéia de um alfaiate do teatro. – De como a senhorita Rosabela entornou o café e Próspero Alpano lhe assegurou a sua amizade.

O professor Mosch Terpin não cabia em si de contentamento. "Nada melhor poderia ter-me acontecido", disse de si para si, "do que o fato de o maravilhoso Conselheiro Titular ter entrado na minha casa como estudante. – Ele vai casar-se com a minha filha – será meu genro; através dele conseguirei as boas graças do nobre príncipe Barsanuf e galgarei os degraus da glória, atrás do meu encantador Cinabrezinho. É verdade que algumas vezes não compreendo como é que Cândida foi apaixonar-se por este pigmeu. Normalmente, ela dá mais importância a um físico bonito do que a qualidades do espírito, e, olhando bem para aquele homenzinho, tenho a impressão de que ele não é exatamente o que se poderia chamar de um homem bonito. Tem até uma corcunda! Mas é melhor calar a boca, pois as paredes têm ouvidos. – O Príncipe o adora, ele vai subir mais e mais – e é meu genro!"

Mosch Terpin tinha razão, Cândida mostrava a mais inabalável inclinação pelo homenzinho. E, quando alguém que não havia sucumbido aos estranhos poderes de Cinabre dava a entender que o Conselheiro Titular, na verdade, não passava de uma criatura horrivelmente deformada, ela de pronto elogiava os maravilhosos cabelos de que a natureza o dotara.

Nestes momentos, ninguém sorria mais sarcasticamente do que o bacharel Pulcro.

Este seguia de perto todos os passos de Cinabre, com a ajuda incansável do secretário particular Adriano, o mesmo jovem que, graças ao feitiço de Cinabre, quase perdera o posto no escritório do Ministro, e somente conseguira reconquistar as graças do Príncipe no dia em que lhe trouxera um excelente removedor de manchas de gordura.

O Conselheiro Titular residia em uma bela casa, em meio a um jardim ainda mais admirável, em cujo centro se encontrava um roseiral esplendoroso, cercado por arbustos espessos. Tinha sido constatado que a cada nove dias, ao alvorecer, Cinabre se levantava sorrateiramente, vestia-se sozinho, por mais que isso lhe pudesse ser penoso, dirigia-se para o jardim e desaparecia por entre os arbustos que circundavam o roseiral.

Pulcro e Adriano suspeitaram que se tratasse de algum segredo. E, assim, uma noite, informados pelo camareiro de Cinabre de que este visitara o roseiral havia nove dias, os dois decidiram pular a cerca do jardim e esconder-se entre os arbustos.

Mal despontava o dia, viram o pigmeu aproximar-se, espirrando e fungando, porque as hastes e flores, cobertas de orvalho, golpeavam o seu nariz, à medida que ele avançava por um dos canteiros.

Quando ele alcançou o roseiral, um sopro mavioso perpassou a vegetação, e o perfume das rosas tornou-se mais intenso. Uma bela mulher alada, o rosto coberto por um véu, surgiu pairando no ar, e sentou-se na delicada cadeira que se encontrava sob as roseiras. "Vem, meu querido menino", sussurrou ela e, pondo o pequeno Cinabre no colo, começou a pentear os seus longos cabelos com um pente de ouro. O pequeno parecia deleitar-se, pois seus olhinhos piscavam prazerosamente, enquanto estirava as perninhas e ronronava quase como um gato. Ao terminar o penteado, após uns cinco minutos, a misteriosa mulher separou com um dedo as mechas do anão, e Pulcro e Adriano puderam notar uma fina risca cor de fogo reluzindo na cabeça de Cinabre. Em seguida, disse-lhe a mulher: "Adeus, minha doce criança! – Sê prudente e esperto, tanto quanto puderes!" – O pequeno respondeu: "Adeus, mãezinha, sou suficientemente esperto, não é preciso que o repitas tantas vezes."

Lentamente a mulher levantou-se e desapareceu nos ares.

Pulcro e Adriano estavam imobilizados pelo espanto. Mas, quando Cinabre se dispunha a voltar para casa, o Bacharel deu um passo à frente e gritou: "Bom dia, senhor Conselheiro Titular! – Como é lindo o seu penteado!" – Cinabre olhou ao redor e, ao descobrir o Bacharel, fez menção de sair correndo. Mas, desajeitado e inseguro sobre as suas perninhas fracas, acabou tropeçando, vindo a cair na grama alta, molhada pelo orvalho. Pulcro aproximou-se rapidamente para ajudá-lo a levantar-se, mas Cinabre rosnou: "Senhor, como é que entrou no meu jardim? Vá para o inferno!" – E a essas palavras o pigmeu afastou-se saltitando e correndo tão rápido quanto podia em direção à casa.

Pulcro escreveu a Baltasar, relatando-lhe esse extraordinário episódio e prometendo-lhe redobrar a vigilância em relação ao pequeno monstro enfeitiçado. Ao que parecia, Cinabre não se conformava com o que lhe acontecera. Recolheu-se ao leito e pôs-se a gemer e lamentar-se de tal maneira, que em breve a notícia de seu súbito adoecimento chegou aos ouvidos do ministro de Luar e do príncipe Barsanuf.

Imediatamente o príncipe Barsanuf enviou o seu médico particular, para que atendesse o pequeno favorito.

"Meu caro senhor Conselheiro Titular", disse o médico, após ter-lhe tomado o pulso, "Vossa Excelência está se sacrificando pelo Estado. O trabalho extenuante acabou por arrastá-lo a este leito, e a reflexão incessante é a causa dos inomináveis padecimentos pelos quais deve estar passando. Seu semblante está muito pálido e encovado, mas sinto sua venerável testa arder terrivelmente! – Ai, ai – será uma encefalite? Teriam os interesses do Estado provocado tal enfermidade? Não é muito provável – Permita que o examine..."

O médico, provavelmente, notara na cabeça de Cinabre a mesma risca vermelha que Pulcro e Adriano haviam descoberto. Depois de alguns passes magnéticos feitos à distância, e tendo bafejado o doente por diversas vezes – ao que este se pôs a emitir uma série de trinados e miados –, pretendia o médico passar a mão pela sua cabeça. Com essa intenção, tocou-a inopinadamente. No mesmo segundo Cinabre ergueu-se de um salto, espumando de raiva, e com sua mãozinha ossuda esbofeteou a face do médico, que se curvava sobre ele, e fê-lo com tanta força que o som ecoou por todo o quarto.

"O que o senhor quer", gritou Cinabre, "o que quer de mim, por que fica bulindo na minha cabeça? Não estou doente, sinto-me bem, totalmente bem, logo vou levantar-me e encontrar o Ministro numa reunião. Desapareça daqui!"

Assustado, o médico deixou o aposento às pressas. Porém, quando relatou ao príncipe Barsanuf o que lhe acontecera, este exclamou enlevado: "Que dedicação a serviço do Estado! – Quanta dignidade, quanta nobreza na conduta! – Que homem maravilhoso é esse Cinabre!"

"Meu caro Conselheiro Titular", disse o ministro Pretexto de Luar ao pequeno Cinabre, "estou encantado por ver que tenha vindo à reunião, apesar de sua doença. Com relação àquele importante assunto da Corte de Kakatuk, redigi, *eu mesmo*, um memorando, e peço que o *senhor* o exponha ao Príncipe, pois a sua leitura espirituosa realçará o teor do meu manuscrito, e, assim, o Príncipe certamente irá reconhecer os meus méritos como autor do documento." – Na verdade, porém, o memorando com o qual Pretexto tencionava distinguir-se não fora elaborado por ninguém senão pelo próprio Adriano.

Acompanhado pelo pigmeu, o Ministro dirigiu-se ao encontro do Príncipe. Cinabre tirou do bolso o memorando que o Ministro lhe havia dado e começou a ler. Entretanto, como a leitura se desenvolvia aos tropeços, e ele apenas conseguia grunhir e ronronar coisas ininteligíveis, o Ministro tomou-lhe o papel das mãos e passou a lê-lo pessoalmente.

O Príncipe parecia totalmente encantado, e expressava a sua aprovação, exclamando repetidas vezes: "Ótimo – bem formulado – magnífico – exato!"

Assim que o Ministro terminou a leitura, o Príncipe encaminhou-se diretamente ao pequeno Cinabre, ergueu-o no ar, estreitou-o contra o peito, precisamente no lugar onde ele (o Príncipe) ostentava a grande estrela do Tigre Malhado de Verde, balbuciando e soluçando, enquanto lágrimas copiosas lhe jorravam dos olhos: "Não! – que homem – que talento! – que zelo – quanto amor ao trabalho – é demais – demais!" – Em seguida, mais contido: "Cinabre! Promovo-o, neste momento, ao cargo de Ministro! Continue devotado e fiel à Pátria, continue sendo um destemido servidor dos Barsanuf, que o honram e estimam." – E, voltando-se para o Ministro com um olhar aborrecido: "Tenho observado, caro barão de Luar, que suas forças há algum tempo deixam a desejar. Um repouso em suas propriedades há de lhe fazer bem! – Adeus!"

O ministro de Luar retirou-se, murmurando palavras incompreensíveis entre os dentes, e lançando olhares fulminantes para Cinabre, o qual, como de costume, a bengalinha apoiada nas costas, se erguia sobre a ponta dos pés, olhando altivamente e com insolência ao seu redor.

"Agora", disse o Príncipe em seguida, "é necessário, meu querido Cinabre, que eu o agracie com uma condecoração à altura dos seus grandes méritos. Receba das minhas mãos, portanto, a comenda do Tigre Malhado de Verde!"

O Príncipe quis, então, prender em volta de seu peito a faixa da insígnia, que lhe fora trazida às pressas pelo camareiro; mas o corpo deformado de Cinabre não permitia que a faixa se assentasse de acordo com as normas, ora escorregando indevidamente para cima, ora balouçando desleixadamente para baixo.

Neste assunto, como em outros que diziam ao bem do Estado, o Príncipe era muito escrupuloso. A insígnia do Tigre Malhado Verde tinha que assentar-se precisamente entre o osso ilíaco e o cóccix, três dezesseis avos de polegada acima do último, em posição oblíqua. Não havia como chegar à disposição correta. O camareiro, três pajens e o próprio Príncipe tentaram colocar a comenda no devido lugar, mas tudo foi em vão. A traiçoeira faixa escorregava de cá para lá, e Cinabre começou a coaxar, irritado:

Sexto capítulo

"Por que fica todo o mundo mexendo no meu corpo? Deixem esta coisa estúpida ficar pendurada como quiser, pois, afinal, agora sou Ministro, e Ministro continuarei sendo!"

"Para quê", disse então o Príncipe, irado, "para que disponho de conselheiros encarregados de assuntos de condecorações, se em relação às faixas existem regulamentações tão malucas e contrárias à minha vontade? – Tenha paciência, meu querido ministro Cinabre, logo tudo isso há de se modificar!"

Por ordem do Príncipe reuniu-se, então, o Conselho da Ordem, para o qual foram ainda convidados dois filósofos, bem como um naturalista que ali estava de passagem, regressando do Pólo Norte. Todos estavam incumbidos de discutir a maneira mais adequada de colocar a faixa da comenda do Tigre Malhado de Verde no ministro Cinabre. A fim de juntarem as forças necessárias para tão importante reunião, ficou determinado que todos os membros do Conselho deviam abster-se de pensar nos oito dias precendentes. Para que melhor o fizessem, e, no entanto, permanecessem ativos no serviço do Estado, foram encarregados de cuidar, nesse período, da contabilidade. As ruas que circundavam o palácio onde os conselheiros, os filósofos e o naturalista haveriam de realizar a sua conferência foram recobertas com uma espessa camada de palha, para que o barulho das carruagens não perturbasse os homens sábios. Pela mesma razão, era proibido rufar tambores, fazer música ou falar em voz alta nas imediações do palácio. No palácio propriamente dito, todos andavam com os pés enfiados em grossos chinelos de feltro e se comunicavam por intermédio de sinais.

As reuniões tinham se estendido ao longo de sete dias, iniciando-se às primeiras horas da manhã e adentrando a noite, sem que se tivesse chegado a qualquer conclusão.

O Príncipe, impaciente, mandava-lhes mensagens a toda hora, ordenando-lhes que, com mil diabos, finalmente tivessem uma idéia luminosa. Isso, porém, não ajudou nada.

O naturalista havia analisado, tanto quanto possível, a natureza de Cinabre, medido a altura e largura de sua protuberância dorsal e encaminhado ao Conselho da Ordem os mais minudentes cálculos sobre a questão. E foi ele quem, finalmente, sugeriu que se chamasse o costureiro do teatro, e se ouvisse a sua opinião.

Por mais estranha que tal sugestão possa ter parecido, ela foi aceita por unanimidade, tendo-se em vista o medo e a angústia que a todos oprimiam.

O costureiro do teatro, senhor Kees, era um homem extraordinariamente habilidoso e astuto. Tão logo lhe apresentaram o complicado caso, assim que analisou os cálculos do naturalista, ele já tinha arquitetado uma maneira brilhante de fazer com que a faixa da comenda se assentasse perfeitamente no lugar correto.

A solução consistia em pregar no peito e nas costas um determinado número de botões, nos quais a faixa haveria de ser abotoada. A tentativa teve o mais feliz êxito.

O Príncipe ficou encantado e acatou a sugestão do Conselho da Ordem, segundo a qual, de ora em diante, a Ordem do Tigre Malhado de Verde seria subdividida em diversas classes, de acordo com o número de botões com o qual fosse concedida. Por exemplo, Ordem do Tigre Malhado de Verde com Dois Botões, com Três Botões, etc. O ministro Cinabre obteria, como distinção especial, que mais ninguém poderia pleitear, a Ordem com vinte botões de brilhantes – exatamente os vinte botões que a esquisita forma de seu corpo exigia.

O costureiro Kees recebeu a Ordem do Tigre Malhado de Verde com dois botões dourados, e foi nomeado efetivo grão-costureiro particular do Príncipe, uma vez que este, apesar de sua idéia brilhante, o considerava um mau costureiro e não desejava ser vestido por ele.

Da janela de sua casa de campo, o doutor Próspero Alpano contemplava pensativo o parque. Passara a noite fazendo o horóscopo de Baltasar, e descobrira muitas coisas com relação ao pequeno Cinabre. Para ele, porém, o mais importante era o que acontecera com o pequeno no jardim, enquanto Adriano e Pulcro o espreitavam. Próspero Alpano já se dispunha a ordenar aos seus unicórnios que trouxessem a concha para levá-lo a *Hoch-Jakobsheim*, quando uma carruagem se aproximou com estrépito e parou diante do portão do parque. Comunicaram-lhe que a senhorita de Rosabela desejava falar com o senhor Doutor. "Seja bem-vinda", disse Próspero Alpano, e a dama entrou. Ela usava um longo vestido negro, e envolvia-se em um véu como uma matrona. Tomado de um estranho pressentimento, Próspero Alpano tomou na mão a sua bengala e lançou sobre a dama os raios faiscantes de seu castão. Foi então como se relâmpagos dardejassem coruscantes ao seu redor, e lá estava ela em uma vestimenta branca e transparente, com cintilantes asas de libélula nos ombros e rosas brancas e vermelhas entrelaçadas nos cabelos. – "Vejam, vejam", sussurrou Próspero, recolheu a bengala nas dobras do seu roupão, e imediatamente a dama voltou a apresentar-se no traje anterior.

Próspero Alpano convidou-a gentilmente a sentar-se. Em seguida, a senhorita de Rosabela contou-lhe que havia muito tempo tencionava visitar o senhor Doutor na sua casa de campo, a fim de conhecer um homem enaltecido em toda a região como um sábio caridoso, dotado de grandes qualidades intelectuais. Certamente ele haveria de atender ao seu pedido e prestar assistência médica ao claustro que se encontrava nas imediações, uma vez que lá residiam damas idosas, freqüentemente acometidas de doenças e desprovidas de toda e qualquer ajuda. Próspero Alpano respondeu-lhe educadamente que havia muito deixara de exercer a profissão, mas que excepcionalmente, no caso de necessidade, se disporia a visitar as senhoras do claustro. Perguntou-lhe, então, se ela própria, a senhorita de Rosabela, não estaria porventura sofrendo de algum mal. A Senhorita assegurou-lhe que apenas de quando em quando sentia uma dor reumática nos membros, quando se resfriava no ar matinal, mas que no momento gozava da mais perfeita saúde; e em seguida passou a conversar sobre banalidades. Próspero perguntou-lhe se ela gostaria de tomar uma xícara de café, uma vez que a manhã estava ainda no início. A senhorita de Rosabela retrucou que damas de um claustro jamais recusavam tal convite. O café foi trazido; no entanto, por mais que Próspero tentasse encher as xícaras, estas permaneciam vazias, embora o café jorrasse do bule. "Veja só, veja só", sorriu Próspero Alpano, "este é um café maldoso! – Cara Senhorita, será melhor servir a si mesma do café."

"Com prazer", respondeu ela, tomando o bule nas mãos. Mas, embora nenhuma gota saísse do bule, a xícara foi ficando mais e mais cheia, e o café derramou-se pela mesa e sobre o vestido da Senhorita. Esta pousou rapidamente o bule em cima da mesa, e de imediato o café desapareceu, sem deixar vestígios. Ambos, Próspero Alpano e a Senhorita, olharam então um para o outro, em silêncio, trocando olhares estranhos.

Sexto capítulo

"Quando entrei", disse então a dama, "o senhor, meu caro Doutor, estava por certo ocupado com um livro muito interessante."

"De fato", replicou o Doutor, "existem neste livro coisas dignas de nota."

A estas palavras fez menção de abrir o pequeno livro encadernado em ouro que se encontrava sobre a mesa à sua frente. Mas a sua tentativa foi totalmente inútil, pois o livro sempre voltava a fechar-se com um ruidoso estalido. "Ora, ora", disse Próspero Alpano, "minha cara Senhorita, por que não tenta dominar esta coisa obstinada?"

Ele passou o livro para a dama, e, mal esta o tinha tocado, suas páginas abriram-se espontaneamente. Mas, em contrapartida, todas as folhas começaram a desprender-se e a crescer, farfalhando pelo aposento.

Assustada, a Senhorita recuou. O Doutor então fechou o livro com força, e todas as folhas desapareceram.

"Mas", disse então Próspero Alpano, com um sorriso afável, erguendo-se de sua cadeira, "mas, minha prezada Senhorita, por que desperdiçamos o nosso tempo com estes desprezíveis jogos de prestidigitação, pois foi isso o que fizemos até agora – dediquemo-nos a coisas mais nobres."

"Quero ir embora!", exclamou a Senhorita, levantando-se de seu assento.

"Ora", disse Próspero Alpano, "isto dificilmente acontecerá sem o meu consentimento, uma vez que, minha cara, devo dizer-lhe que sua pessoa agora se encontra totalmente sob o meu poder."

"Sob o seu poder?", retrucou a Senhorita, irada, "sob o seu poder, senhor Doutor? – Que pretensão tola!"

A estas palavras, seu vestido de seda espraiou-se pela sala, e ela esvoaçou até o teto do aposento sob forma de uma belíssima borboleta. Mas logo Próspero Alpano a seguia velozmente, com estardalhaço, sob forma de um enorme besouro. Extenuada, a borboleta desceu volteando até o solo, e começou a correr pelo chão, transformada em um pequeno camundongo. No entanto, miando e fungando, o besouro perseguiu-o, assumindo o corpo de um gato cinzento. No instante seguinte, o pequeno camundongo levantou vôo, transmutado em um reluzente beija-flor, quando então várias vozes estranhas se ergueram ao redor da casa de campo. Misteriosos insetos aproximaram-se zunindo, acompanhados de aves selvagens exóticas, e uma rede de ouro cobriu as janelas, vedando-as. Eis que, de repente, lá estava no meio da sala a fada Rosabelverde, majestosa, em todo o seu esplendor, vestida de branco reluzente, ornada com o faiscante cinto de diamantes, os cachos escuros presos por rosas brancas e vermelhas. Diante dela, o mago, envolto em uma túnica bordada a ouro, uma coroa refulgente sobre a cabeça, e na mão a bengala com o castão flamejante.

Rosabelverde deu alguns passos na direção do mago, e neste momento caiu de seus cabelos um pente de ouro, espatifando-se sobre o chão de mármore, como se fosse de vidro.

"Ai de mim, ai de mim!", exclamou a fada.

De repente, estava outra vez a senhorita de Rosabela, no seu longo vestido negro, sentada à mesa do café, e, à sua frente, o doutor Próspero Alpano.

"Eu presumo", disse Próspero Alpano calmamente, despejando nas xícaras chinesas, sem quaisquer acidentes, um café saboroso e fumegante, "eu presumo, minha cara Senhorita, que agora já sabemos exatamente o que devemos esperar um do outro. – Sinto muito que o seu belo pente se tenha quebrado neste chão duro."

"O acidente deveu-se unicamente à minha inabilidade", retrucou a Senhorita, sorvendo prazerosamente o café. "É preciso tomar cuidado para não deixar cair nada *neste* chão, pois, se não me engano, nestas pedras acham-se inscritos os mais extraordinários hieróglifos, que os incautos poderiam tomar por simples veios do mármore."

"Talismãs gastos, minha cara", disse Próspero, "estas pedras nada mais são do que talismãs gastos."

"Mas, prezado Doutor", exclamou a Senhorita, "como é possível que não nos tenhamos conhecido em tempos remotos, que nunca nos tenhamos encontrado em nossas andanças?"

"É a diferença na nossa formação, cara dama", respondeu Próspero Alpano, "que explica isso. Enquanto a Senhorita, a mais promissora jovem do *Dschinnistan*, podia consagrar-se inteiramente à sua rica natureza, ao seu gênio afortunado, eu, um estudante melancólico, ficava enclausurado nas pirâmides e ouvia as preleções do professor Zaratustra, um velho ranzinza que, no entanto, sabia um bocado de coisas. Sob reinado do venerável príncipe Demétrio estabeleci-me neste pequeno e encantador país."

"Como?", redargüiu a Senhorita, "e o senhor não foi exilado quando o príncipe Pafnúcio introduziu o Iluminismo?"

"De modo algum", respondeu Próspero, "muito pelo contrário, consegui encobrir totalmente a minha verdadeira personalidade, esforçando-me por demonstrar que possuía profundos conhecimentos em assuntos referentes ao Iluminismo, distribuindo, para tanto, diversos escritos de minha autoria. Provei que jamais poderia haver trovões e relâmpagos sem a vontade expressa do Príncipe, e demonstrei que devemos o bom tempo e as colheitas abundantes única e exclusivamente aos seus esforços e aos de seus nobres, que, no palácio, discutem o assunto com muita ponderação e sabedoria, enquanto o povo comum se dedica a lavrar e semear o campo. Naquela época o príncipe Pafnúcio nomeou-me supremo presidente secreto do Iluminismo, um cargo do qual me livrei como de um fardo incômodo, juntamente com o meu disfarce, tão logo a tempestade passou. – Mas, às escondidas, procurei ser tão útil quanto me era possível. Isto é, útil no sentido que nós, a Senhorita e eu, atribuímos à palavra. – Por certo a cara Senhorita não sabe que fui *eu* quem a preveniu da incursão a ser realizada pela polícia do Iluminismo, não é? – Que é a *mim* que a Senhorita deve o fato de ainda poder praticar as bonitas artes mágicas que me mostrou há poucos instantes. – Oh, meu Deus! Minha querida dama, dê uma olhada por estas janelas! – A Senhorita não reconhece mais este parque por onde tantas vezes passeou, onde conversou com os espíritos amáveis que moram nos arbustos – nas flores – nas fontes? – Salvei este parque graças à minha ciência. Ele não mudou nada desde os tempos do príncipe Demétrio. Felizmente o príncipe Barsanuf não se importa muito com a magia, ele é um senhor afável e permite que cada um viva a sua vida e pratique as suas mágicas à vontade, contanto que o faça discretamente, e desde que os impostos sejam pagos pontualmente. E assim vou vivendo aqui, feliz e despreocupado, tal como a Senhorita, querida dama, no seu claustro!"

"Doutor", exclamou a Senhorita, enquanto as lágrimas lhe brotavam dos olhos, "Doutor, o que está dizendo? – Quantas revelações! – Sim, estou reconhecendo este bosque, onde desfrutei de tantos momentos ditosos! –

Doutor! – Homem de coração nobre, a quem tanto devo! – E como é que alguém como o senhor tem a coragem de perseguir tão duramente o meu pequeno protegido?"

"Minha cara", replicou o Doutor, "acontece que a Senhorita, deixando-se levar por sua bondade inata, desperdiçou as suas dádivas com uma criatura indigna. Apesar de sua ajuda bondosa, Cinabre é e sempre será um pequeno e deformado tratante, que agora, uma vez que o pente de ouro se quebrou, está inteiramente nas minhas mãos."

"Seja misericordioso, Doutor", suplicou a Senhorita.

"Julgue por si própria e dê uma olhada nisto", disse Próspero, apresentando-lhe o horóscopo de Baltasar que elaborara.

A Senhorita olhou-o de relance e, em seguida, exclamou com grande dor: "Bem! – se é este o prognóstico, será mesmo forçoso que eu me curve à força superior. – Pobre Cinabre!"

"Confesse, Senhorita", disse o Doutor com um sorriso, "confesse que as damas muitas vezes gostam de se envolver com as coisas mais bizarras, persistindo, incansáveis e tenazes, em determinada idéia que lhes tenha surgido em dado momento, e não levando em consideração que a sua interferência na vida alheia pode transformar-se em algo doloroso. – É inevitável que Cinabre cumpra o seu destino, mas *depois* ainda lhe serão conferidas honras imerecidas. Com esta concessão, minha cara e muito estimada Senhorita, rendo minha homenagem ao seu poder, à sua bondade e à sua virtude!"

"Homem nobre e generoso", exclamou a Senhorita, "nunca deixe de ser meu amigo!"

"Sempre o serei", retrucou o Doutor. "A amizade e o profundo afeto que lhe dedico, encantadora fada, nunca se extinguirão. Esteja sempre à vontade para procurar-me em todos os momentos difíceis da sua vida, e – oh, venha tomar café comigo sempre que o desejar."

"Adeus, meu digníssimo mago, nunca esquecerei a sua benevolência, e tampouco este café!" Com estas palavras, profundamente emocionada, a Senhorita levantou-se para partir.

Próspero Alpano acompanhou-a até o portão do jardim, enquanto todas as vozes maravilhosas da floresta soavam em acordes os mais maviosos.

Diante do portão encontrava-se, em vez da carruagem da Senhorita, a concha de cristal do Doutor, atrelada aos unicórnios. Na parte traseira, o escaravelho dourado abria as suas asas cintilantes, e na boléia encontrava-se o faisão prateado, que, segurando no bico as rédeas douradas, olhava para a Senhorita com olhos perspicazes.

Enquanto a carruagem, acompanhada de sons envolventes, seguia veloz pela floresta perfumada, a dama sentia-se transportada para a época mais feliz do período mais esplendoroso de sua existência como fada.

SÉTIMO CAPÍTULO

De como o professor Mosch Terpin investigava a natureza na adega real. – Mycetes Belzebub. – O desespero do estudante Baltasar. Influência propícia de uma casa de campo bem provida sobre a felicidade doméstica. – De como Próspero Alpano deu a Baltasar uma caixinha de tartaruga e partiu.

Baltasar, que se mantinha escondido em *Hoch-Jakobshein*, recebeu uma carta de Querepes, enviada pelo bacharel Pulcro, com a seguinte conteúdo: "Nossos assuntos, querido amigo Baltasar, vão de mal a pior. Nosso inimigo, o abominável Cinabre, tornou-se ministro das relações exteriores, e recebeu a grande comenda do Tigre Malhado de Verde com vinte botões. Galgou a posição de favorito do Príncipe e impõe a sua vontade em tudo o que deseja. O professor Mosch Terpin está exultante e vangloria-se, ostentando um orgulho tolo. Graças à mediação do seu futuro genro, ele obteve o posto de diretor geral das Ciências Naturais do Estado, um cargo que lhe garante grandes somas de dinheiro e uma porção de outras vantagens. Na qualidade de diretor geral, ele controla os eclipses do Sol e da Lua, bem como as previsões meteorológicas nos calendários do Estado; além disso, realiza investigações sobre a natureza, tanto na capital como em seus arredores. Graças a essas atividades, recebe das florestas do principado as aves mais raras, os animais mais incomuns, os quais, afim de estudar-lhes a natureza, ele manda assar, para, em seguida, devorá-los. Além disso, está escrevendo agora (pelo menos é o que afirma) um tratado sobre por que o vinho tem um gosto diferente da água, e, ademais, produz outros efeitos. Esse trabalho ele pretende dedicar ao seu genro. A fim de apoiar tais pesquisas, Cinabre obteve para Mosch Terpin a permissão para estudar todos os dias na adega real. Entrementes, ele já consumiu, nas suas pesquisas, cerca de cento e três litros de vinho velho do Reno, além de várias dúzias de garrafas de champanhe. Agora, suas investigações concentram-se num barril de vinho do Alicante. O adegueiro está desesperado! – Dessa maneira, o Professor – que, como sabes, é o maior glutão na face da terra – está bem servido. E ele levaria a vida mais cômoda que se possa imaginar, se não se visse freqüentemente obrigado, quando o granizo destrói as plantações, a viajar para o campo, a fim de explicar aos arrendatários do Príncipe o motivo do granizo, e, assim, transmitir a esses pobres diabos um pouco de ciência, que lhes permita, no futuro, precaver-se contra esse tipo de desgraça, evitando-se, assim, que sempre pleiteiem uma isenção do imposto devido, em virtude de circunstâncias das quais eles são, exclusivamente, os culpados.

O Ministro não perdoa a surra que lhe aplicaste, e jurou vingar-se. Não podes mais aparecer em Querepes. Também a mim ele persegue, porque descobri a sua misteriosa maneira de fazer-se pentear por uma dama alada. Enquanto Cinabre for o favorito do Príncipe, dificilmente poderei pleitear um posto respeitável. Por azar, sempre deparo com aquele monstrengo, quando menos o espero e em momentos que, para mim, são sempre fatais. Outro dia, o Ministro – engalanado com a espada, a estrela e a condecoração – apareceu no gabinete de Zoologia e, firmando-se na ponta dos pés, como é seu hábito, e apoiado em sua bengala, postou-se à frente do armário envidraçado, onde se encontram expostos os mais raros exemplares de macacos americanos. Visitantes do museu aproximaram-se e um deles, ao avistar a pequena mandrágora, exclamou: 'Ah! – mas que macaco adorável! – como é gracioso este animal! – é a jóia do museu! – Ah, como se chama este encantador macaquinho? De onde ele vem?' Muito compenetrado, tocando o ombro de Cinabre, disse o vigia do museu: 'Sim, de fato é um belo exemplar, um magnífico brasileiro, o assim chamado *Mycetes Belzebub – Simia Belzebub Linnei – niger, barbatus, podiis caudaque apice brunneis* – um guariba. 'Senhor', reagiu furioso o anão, 'quero crer que o senhor está louco ou possuído por todos os demônios, pois eu não sou nenhum *Belzebub caudaque*, não sou nenhum guariba – sou Cinabre, o ministro Cinabre, Cavalheiro do Tigre Malhado de Verde com Vinte Botões!' Eu me encontrava perto dali e pus-me a gargalhar descontroladamente – mesmo que isso me custasse a vida, não seria capaz de conter-me.

'Então o senhor também está aí, senhor Bacharel?', vociferou ele na minha direção, enquanto brasas incandescentes faiscavam em seus olhos de bruxo.

Sabe Deus por que os estrangeiros insistiam em considerá-lo o mais belo e raro macaco que jamais tinham visto, fazendo questão de alimentá-lo com amendoins que tiravam dos bolsos. À vista disso, Cinabre ficou completamente fora de si, a tal ponto que lhe chegou a faltar o ar e suas perninhas se recusaram a obedecer-lhe. O camareiro, chamado às pressas, precisou tomá-lo nos braços e carregá-lo até a carruagem.

Não consigo explicar a mim mesmo por que motivo este episódio me traz um lampejo de esperança. É a primeira oposição que aquele pequeno monstrengo enfeitiçado enfrenta.

Fato é que outro dia, bem cedo de manhã, Cinabre voltou muito perturbado do jardim. A dama alada não deve ter aparecido, pois nada resta dos belos cachos de Cinabre. Dizem que seu cabelo lhe cai desalinhado pelas costas, e o príncipe Barsanuf ter-lhe-ia dito: 'Não negligencie tanto a sua aparência, meu caro Ministro, vou mandar-lhe o meu cabeleireiro!' – ao que Cinabre, muito polidamente, teria respondido que haveria de jogar o sujeito pela janela, assim que aparecesse. 'Grande alma! Ninguém consegue domá-la!', disse então o Príncipe, chorando copiosamente!

Adeus, meu querido Baltasar! Não percas de todo a esperança. E esconde-te bem, para que não te agarrem."

Desesperado pelas notícias que o amigo lhe mandava, Baltasar embrenhou-se na floresta e irrompeu em lamentações:

"Ele me pede", exclamou, "que eu não perca a esperança, quando toda a esperança se foi, quando todas as estrelas desapareceram, e a sombria noite me envolve, desconsolado! – Que destino infeliz! – Estou sendo subjugado por um poder sinistro que se interpôs na minha vida, para arruinar-me! – Foi loucura esperar que Próspero Alpano haveria de me salvar, este mesmo Próspero Alpano que me seduziu com magias diabólicas e me obrigou a fugir de Querepes, quando fez com que as pancadas que tive de desferir contra a imagem no espelho atingisse de fato as costas de Cinabre! – Ah, Cândida! – Quem me dera poder esquecer aquela criatura celestial! – Mas a chama do amor arde mais forte e poderosa do que nunca em mim! – Em toda parte vejo a encantadora figura da amada que, com doce sorriso nos lábios, estende saudosa os braços para mim! – Sim, eu sei! Tu me amas, doce e linda Cândida, e a dor que me desespera e mortifica advém precisamente do fato de não estar em meu poder livrar-te do encantamento abominável que se apoderou de ti! – Ah, Próspero, traidor! O que fiz para merecer que zombasses de mim com tanta crueldade?"

Anoitecia, as sombras do crepúsculo espalhavam-se, as cores da floresta diluíam-se em um cinza opaco. Aí, foi como se um brilho incomum, à semelhança de um ocaso chamejante, iluminasse as árvores e os arbustos, e milhares de pequeninos insetos levantaram vôo, zumbindo e batendo ruidosamente as asas. Reluzentes escaravelhos dourados agitavam-se de um lado para o outro, e entre eles esvoaçavam borboletas coloridas, espargindo pólen perfumado ao seu redor. Os murmúrios e zumbidos foram se transformando em música suave, em doces sussurros, que envolveram como um bálsamo o peito dilacerado de Baltasar. Acima dele faiscava a luz, aumentando o seu fulgor. Ao erguer os olhos, Baltasar deparou-se, surpreso, com Próspero Alpano, que vinha pairando em sua direção, montado em um inseto fantástico, semelhante a uma libélula adornada com as mais magníficas cores.

Próspero Alpano desceu para junto do jovem, sentando-se ao seu lado, enquanto a libélula voou até um arbusto e juntou se ao cântico que ecoava por toda a floresta.

Ele tocou a testa do jovem com as flores reluzentes que trazia na mão, e imediatamente invadiu a alma de Baltasar um novo ânimo de viver.

"Tu", disse então Próspero Alpano, com voz suave, "tu estás sendo muito injusto comigo, meu caro Baltasar, acusando-me de crueldade e traição justamente no momento em que consegui dominar o encantamento que destrói a tua vida, no momento em que, para encontrar-te rapidamente e consolar-te, montei meu ginetezinho colorido favorito e vim galopando ao teu encontro, munido de tudo o que poderá trazer-te a felicidade. Mas nada é mais amargo do que o sofrimento causado pelo amor, e nada se compara à impaciência de um coração desesperado, consumido pelo amor e pela saudade. Eu te perdôo, porque agi de maneira parecida quando, há mais ou menos dois mil anos, amei uma princesa hindu, chamada Balsamine, e, no auge do desespero, arranquei a barba do feiticeiro Lothos, que era o meu melhor amigo. Por isso, como vês, eu próprio não uso barba, para que não me aconteça algo semelhante. Mas acredito que não seja este o momento propício para contar-te tudo isso em detalhes, uma vez que todo apaixonado só quer ouvir falar do *seu* amor, o único do qual, no seu entender, vale a pena falar, assim como todo poeta só gosta de escutar os seus próprios versos. Portanto, vamos ao que interessa. Quero informar-te que Cinabre é uma aberração nascida de uma pobre camponesa, e que na verdade ele se chama Pequeno Zacarias. Por pura vaidade, ele adotou o suntuoso nome Cinabre. A senhorita de Rosabela, ou melhor, a famosa fada Rosabelverde, pois esta é a verdadeira identidade da dama, encontrou o monstrengo à beira do caminho. Com a intenção de compensar tudo o que a natureza madrasta havia negado ao pequeno, ela lhe concedeu o estranho e misterioso dom, segundo o qual tudo o que de excelente fosse pensado, dito ou feito por alguém em sua presença seria atribuído a ele, Cinabre; além disso, quando na companhia de pessoas instruídas, inteligentes e espirituosas, ele seria igualmente considerado instruído, inteligente e espirituoso, e, ademais, sempre seria visto como o mais perfeito em qualquer assunto que estivesse em discussão.

Esse estranho feitiço reside em três fios de cabelo refulgentes como o fogo, que se encontram na parte superior da cabeça do pequeno. O mais leve toque nesses cabelos, bem como em sua cabeça, era doloroso e, até mesmo, poderia ser fatal para o pequeno. Por este motivo, a fada fez com que o seu cabelo, ralo e desgrenhado por natureza, passasse a ondular-se em cachos fartos e graciosos, que, ocultando aquela listra vermelha, ao mesmo tempo protegiam a cabeça do pequeno e reforçavam o encantamento. A cada nove dias a fada em pessoa penteava o pequeno com um pente mágico de ouro, e este penteado invalidava toda e qualquer tentativa que visasse quebrar o encantamento. Mas esse pente foi destruído por um poderoso talismã que pude colocar nas proximidades da fada, sem que ela o percebesse, num dia em que ela veio visitar-me.

Agora tudo depende apenas de arrancar-lhe aqueles três fios de cabelo cor de fogo, para que ele recaia na sua nulidade anterior! – A ti, meu querido Baltasar, está reservada a tarefa de quebrar esse encantamento. És um homem corajoso, forte e habilidoso, e haverás de desincumbir-te adequadamente deste empreendimento. Toma este pequeno cristal lapidado, aproxima-te do pequeno Cinabre onde o encontrares, dirige o teu olhar aguçado através deste cristal para a sua cabeça, e os três fios vermelhos surgirão nitidamente na parte superior da cabeça do pequeno. Agarra-o firmemente, não ligues para os seus miados estridentes, arranca de uma só vez os três fios de cabelo e queima-os imediatamente. É importante que os cabelos sejam arrancados com um só puxão e queimados em seguida, pois caso contrário ainda poderão produzir efeitos nefastos. Por isso, cuida de agarrar os cabelos com habilidade e firmeza e de subjugar o pequeno no momento certo, quando tiveres uma lareira ou uma vela por perto."

"Oh, Próspero Alpano", exclamou Baltasar, "quão pouco essa minha desconfiança merece a sua bondade e generosidade. – Sinto no fundo do meu coração que meu sofrimento está chegando ao fim, que toda a felicidade do céu me abre as suas portas douradas!"

"Tenho grande apreço", prosseguiu Próspero Alpano, "por jovens como tu, meu caro Baltasar, que trazem a nostalgia e o amor no coração puro, em cujas almas ainda ecoam aqueles acordes maravilhosos, pertencentes ao longínquo país de prodígios divinos, que é a minha pátria. Aquelas criaturas felizes, dotadas dessa música interior, são as únicas que merecem o nome de poetas, embora esta denominação seja atribuída a muitos que pegam no primeiro rabecão que lhes apareça pela frente, manipulam o instrumento ao acaso e acreditam que os ruídos cacofônicos das cordas massacradas sob os seus punhos sejam música maviosa, a brotar do seu íntimo. Eu sei, meu querido Baltasar, que por vezes tens a impressão de entender a linguagem das fontes sussurrantes, das árvores farfalhantes, sim, até mesmo tens a sensação de ouvir o crepúsculo chamejante dirigindo-se a ti com palavras inteligíveis! – Sim, meu Baltasar! – nestes momentos de fato entendes as vozes maravilhosas da natureza, porque do teu próprio íntimo ergue-se o som divino, despertado pela mágica harmonia do mais profundo ser da Natureza. – Uma vez que tocas piano, ó poeta, sabes que ao fazeres soar uma nota desencadeias a repercussão de todas as outras que lhe são afins. Esta lei da natureza tem uma serventia que vai muito além de uma simples comparação! – Sim, ó poeta, és muito melhor do que pensam muitos daqueles aos quais apresentaste tuas tentativas de transcrever no papel com pena e tinta a música que vive em teu íntimo. Essas tentativas não são grande coisa. Mas no estilo histórico fizeste um bom lance ao narrares com minúcia e precisão objetivas a história do amor do rouxinol pela rosa púrpura, que aconteceu debaixo dos meus olhos. – Esse foi um trabalho muito bem feito..."

Próspero Alpano calou-se e Baltasar fitou-o surpreso, com olhos arregalados. Não sabia o que dizer perante o fato de Próspero interpretar como um ensaio histórico um poema que ele próprio considerava o mais fantástico que jamais havia escrito.

"Por certo", continuou Próspero Alpano, com um sorriso gentil a iluminar o seu rosto, "estás admirado com o que te disse, e, aliás, muitas coisas em mim devem parecer-te estranhas. Considera porém que, de acordo com a opinião de todas as pessoas sensatas, sou uma pessoa que somente pode aparecer em contos de fada, e tu, meu querido Baltasar, sabes que personagens como eu podem comportar-se de maneira esquisita e dizer tantas coisas malucas quantas queiram, principalmente quando por detrás de tudo isso se encontra algo que não é de jogar fora. – Mas continuemos! – Se a fada Rosabelverde se dispôs a cuidar com tanto afã do disforme Cinabre, tu, meu Baltasar, és decididamente o meu querido protegido. Ouve, portanto, o que pretendo fazer por ti. O feiticeiro Lothos visitou-me ontem, trazendo-me mil lembranças, mas também mil lamentos da princesa Balsamine, que despertou de seu sono e me estende braços saudosos nos doces sons do Chartah Bhade, daquele poema magnífico que foi o nosso primeiro amor. Também o meu velho amigo, o ministro Yuchi, acena-me gentilmente da Estrela Polar. – Preciso partir para as terras distantes da Índia! – Desejo que ninguém além de ti tenha a posse da propriedade que deixo para trás. Amanhã irei a Querepes, a fim de mandar lavrar um documento de doação, no qual figurarei como teu tio. Quando o encantamento de Cinabre estiver desfeito, e te apresentares ao professor Mosch Terpin como dono de uma primorosa propriedade rural e de uma respeitável fortuna, podes crer que ele te concederá com a maior alegria a mão da bela Cândida. E mais: se te mudares com tua Cândida para a minha casa de campo, a felicidade do teu casamento estará assegurada. Atrás das belas árvores cresce tudo do que a casa precisa: além das mais esplêndidas frutas, o mais belo repolho e verduras saborosas em geral, como não as encontrarás em toda a região. Tua esposa terá sempre as primeiras alfaces e os primeiros aspargos. A cozinha está construída de tal maneira que os alimentos jamais transbordam das panelas, e nenhum prato passa do ponto, mesmo que alguma vez te atrases uma hora inteira para o almoço. Tapetes e estofados são feitos de um material que, mesmo nos casos de total inabilidade dos criados, impede a formação de manchas. Do mesmo modo, nenhuma peça de porcelana, nenhum copo poderão ser quebrados, por mais que a criadagem se esforce e os jogue no chão mais duro. Finalmente, quando tua esposa mandar lavar a roupa, no amplo gramado atrás da casa sempre reinará tempo bom, por mais que na vizinhança haja chuva, trovões e relâmpagos. Em suma, meu Baltasar, tudo está providenciado para que usufruas tranqüilamente e sem preocupações a felicidade doméstica ao lado da tua adorável Cândida!

Mas é hora de voltar para casa e, juntamente com meu amigo Lothos, iniciar os preparativos para a viagem que devo empreender em breve. Adeus, meu Baltasar!"

Com estas palavras, Próspero deu um, dois assobios, chamando a libélula, que logo em seguida se aproximou zumbindo. Ele colocou-lhe os arreios e pulou na sela. Mas, quando já se afastava, parou subitamente e retornou para junto de Baltasar.

"Quase", disse ele, "tinha esquecido o teu amigo Fabiano. Em um acesso de humor brincalhão castiguei-o com demasiada severidade por seu atrevimento. Esta caixinha contém o que irá consolá-lo!"

Próspero deu a Baltasar uma pequena caixa reluzente de tartaruga, a qual este enfiou no bolso juntamente com a pequena luneta que recebera de Próspero para quebrar o encantamento de Cinabre.

Próspero Alpano partiu então, em meio ao farfalhar do arvoredo, enquanto as vozes da floresta cresciam mais fortes e maviosas.

Baltasar retornou para *Hoch-Jakobsheim*, trazendo no coração toda a alegria, todo o enlevo da mais doce esperança.

OITAVO CAPÍTULO

*De como Fabiano foi considerado um sectário
e arruaceiro por causa das longas abas de seu paletó.
— De como o príncipe Barsanuf entrou atrás do
pára-fogo e demitiu o diretor geral das Ciências
Naturais. — A fuga de Cinabre da casa de Mosch Terpin.
— De como Mosch Terpin quis partir cavalgando em
uma borboleta e tornar-se imperador, mas, em vez
disso, foi para a cama.*

Logo cedo, ao alvorecer, quando caminhos e ruas ainda estavam desertos, Baltasar dirigiu-se sorrateiramente a Querepes e, lá chegando, correu imediatamente para a casa de seu amigo Fabiano. Quando bateu à porta, uma voz doente e fraca respondeu: "Entre!"

Pálido — desfigurado, uma dor desesperada no rosto, Fabiano jazia no leito. "Pelo amor de Deus", exclamou Baltasar, "pelo amor de Deus, amigo, diz, o que aconteceu contigo?"

"Ah, amigo", disse Fabiano, com voz alquebrada, erguendo-se com dificuldade, "minha vida está arruinada, completamente arruinada. O maldito feitiço que, bem sei, o vingativo Próspero Alpano lançou sobre mim está me desgraçando!"

"Como é possível?", perguntou Baltasar. "Encantamentos, bruxarias, nunca acreditaste nesse tipo de coisa."

"Ah", continuou Fabiano, com voz chorosa, "agora acredito em tudo, em mágicos, bruxas, gênios da terra, sereias, no rei dos camundongos e na mandrágora — em tudo o que quiseres. Quem sofre a coisa na pele, como eu, acaba cedendo! — Hás de lembrar-te do escândalo infernal por causa do meu paletó, quando saímos da casa de Próspero Alpano. – Pois bem! Quem me dera que tudo tivesse terminado por aí! – Olha só como está o meu quarto, querido Baltasar!"

Este fez o que o amigo lhe pedia e constatou que em todas as paredes do quarto se encontrava pendurada uma quantidade enorme de casacas, sobretudos, jaquetas, de todos os feitios, e em todas as cores imagináveis. "O que é isso", exclamou ele, "estás pretendendo abrir uma loja de roupas, Fabiano?"

"Não zombes de mim", retrucou Fabiano, "não zombes de mim, meu caro amigo. Todas essas roupas eu mandei fazer pelos mais famosos alfaiates, sempre na esperança de libertar-me um dia da terrível maldição lançadas contra os meus paletós – mas sempre foi tudo em vão. Assim que uso por alguns minutos o mais belo dos paletós, por mais bem talhado que seja, logo as mangas começam a encolher até a altura dos ombros, e as abas rastejam atrás de mim numa extensão de seis côvados. No meu desespero, mandei confeccionar aquela jaqueta com enormes mangas bufantes de pierrô: 'Encolham à vontade, mangas', pensei, 'estiquem quanto quiserem, abas, que tudo ficará equilibrado'; mas em poucos minutos tudo acontecia exatamente como com os meus outros paletós! A arte e os esforços dos mais eminentes alfaiates nada conseguiram contra o maldito feitiço! É evidente que fui ridicularizado onde quer que aparecesse, mas em pouco tempo a minha inocente persistência em aparecer com esses paletós endemoniados suscitou outras interpretações. A mais branda ainda foi a das mulheres, que me chamaram de ridículo e incomensuravelmente vaidoso, uma vez que, afrontando os bons costumes, insisto em apresentar-me com os braços nus, aparentemente por julgá-los muito belos. Os teólogos, entretanto, logo declararam que sou membro de uma seita, discutindo apenas se faço parte dos manganianos ou dos abanianos. Concordam, porém, que ambas as seitas são extremamente perigosas, uma vez que ambas promulgam a liberdade total da vontade e se atrevem a pensar o que bem entendem. Diplomatistas consideraram-me um arruaceiro ignóbil. Afirmaram que com as longas abas dos meus casacos tenciono despertar o descontentamento do povo e fazê-lo levantar-se contra o governo, e que, além disso, pertenço a uma liga secreta, cujo símbolo é uma manga curta. Já há algum tempo, segundo dizem, encontram-se aqui e acolá sinais dos mangas-curtas, tão temíveis quanto os jesuítas, ou até mais, uma vez que se empenham em introduzir em toda parte a poesia, tão perniciosa a qualquer Estado, e, além disso, questionam a infalibilidade dos príncipes. Em suma! A questão foi se tornando mais e mais polêmica, até o dia em que o reitor mandou chamar-me. Prevendo a minha desgraça, caso vestisse um paletó, compareci usando apenas um colete. Com tal vestimenta provoquei a ira do homem. Julgando que eu estivesse a escarnecer de sua pessoa, esbravejou, exigindo que dentro de oito dias eu aparecesse diante dele, trajando um paletó normal e decente; caso contrário haveria de expulsar-me sem piedade – e hoje expira esse prazo! – Oh, sou um infeliz! Oh, maldito Próspero Alpano..."

"Pára", exclamou Baltasar, "pára, querido amigo, não insultes o meu caro e amado tio, que me presenteou com uma propriedade no campo. Também a ti ele não deseja tanto mal quanto pensas, embora, como devo reconhecer, tenha castigado com demasiada severidade a petulância com que o trataste. – Mas trago-te ajuda! Ele te envia esta caixinha, que deverá pôr termo a todos os teus sofrimentos."

A estas palavras, Baltasar tirou do bolso a pequena caixa de tartaruga que recebera de Próspero Alpano e entregou-a ao inconsolável Fabiano.

"Para quê", disse este, "me servirá esta bobagem? De que maneira uma pequena caixa de tartaruga poderá ter alguma influência sobre a forma dos meus casacos?"

"Isso não sei", replicou Baltasar, "mas tenho toda a certeza de que o meu querido tio não poderá nem quererá iludir-me, e tenho nele a mais absoluta confiança. Por isso, abre a caixinha, caro Fabiano, vamos ver o que ela contém."

Fabiano obedeceu – e da caixinha irrompeu uma casaca preta do mais fino tecido, magnificamente confeccionada. Ambos, Fabiano e Baltasar, não puderam reprimir uma exclamação de espanto. "Ah, estou te entendendo", exclamou Baltasar, entusiasmado, "estou te entendendo, meu Próspero, meu caro tio! Esta casaca vai servir, irá quebrar todo o encantamento."

Fabiano vestiu imediatamente a casaca, e o que Baltasar havia previsto realmente aconteceu. O belo traje assentou em Fabiano como jamais qualquer outro fizera antes, e não havia a menor possibilidade de se encolherem as mangas ou de se esticarem as abas.

Fora de si de alegria, Fabiano decidiu procurar imediatamente o reitor, trajando o seu novo e tão bem ajustado paletó, e assim acertar todas as suas pendências.

Em seguida, Baltasar contou detalhadamente ao seu amigo Fabiano tudo o que Próspero Alpano lhe dissera e como este lhe revelara a maneira de pôr fim às maldades infames do pequeno polegar disforme. Fabiano, que, livre do desespero, mudara por completo, pôs-se a exaltar efusivamente a nobreza de caráter de Próspero, e ofereceu-se a ajudar nas operações necessárias para o desencantamento de Cinabre. Nesse momento, Baltasar avistou pela janela o seu amigo, o bacharel Pulcro, que, abatido, fazia menção de dobrar furtivamente a esquina.

A pedido de Baltasar, Fabiano pôs a cabeça para fora da janela e, acenando para o Bacharel, convidou-o a subir.

Pulcro, tão logo entrou, admirou-se: "Que magnífico paletó estas usando, meu caro Fabiano!" – Este, porém, disse-lhe que Baltasar haveria de explicar-lhe tudo e saiu rapidamente para procurar o reitor.

Quando Baltasar terminou de relatar, com todos os pormenores, os últimos acontecimentos, o Bacharel disse: "Está mais do que na hora de acabarmos com esse monstrengo abominável. Quero informar-te que ele hoje estará celebrando com todas as formalidades o seu noivado com Cândida e que o vaidoso Mosch Terpin oferecerá uma grande festa, para a qual convidou até mesmo o Príncipe. E é justamente durante esta festa que entraremos na casa do Professor e atacaremos o pequeno. Velas é que não hão de faltar no salão, para queimarmos imediatamente aqueles cabelos nefastos."

Várias coisas ainda estavam sendo discutidas e combinadas entre os amigos, quando Fabiano entrou, com o rosto iluminado pela alegria.

"O poder", disse ele, "o poder deste paletó que emanou da caixa de tartaruga confirmou-se maravilhosamente. Assim que entrei na sala do reitor, ele sorriu, satisfeito. 'Ah', disse-me, 'percebo, meu caro Fabiano, que o senhor recuperou-se do seu estranho deslize! – Bem, pessoas temperamentais como o senhor deixam-se levar facilmente a atitudes extremas! – Nunca achei que o seu comportamento fosse resultado de algum fanatismo religioso. – Julguei que talvez se tratasse de um patriotismo mal interpretado – de uma inclinação para o extraordinário, baseada no exemplo dos heróis da Antigüidade. – Sim, é assim que gosto de ver, um belo paletó como este, tão bem ajustado! – Bem-aventurado é o Estado, bem-aventurado é o mundo no qual jovens magnânimos vestem paletós com mangas e abas tão bem talhadas. Permaneça fiel, Fabiano, permaneça fiel a essa virtude, a esse espírito galhardo, pois dele nasce a verdadeira grandeza do herói!' – O reitor abraçou-me, com lágrimas nos olhos. Não sei como tive a idéia de tirar do bolso a caixinha de tartaruga que lá enfiara, a mesma caixinha da qual surgiu o meu paletó. 'Com licença!', disse o reitor, juntando as pontas do polegar e do indicador. Abri a caixinha, sem saber se ela realmente continha tabaco. O reitor serviu-se, aspirou, tomou a minha mão, apertou-a com força, as lágrimas rolaram-lhe pela face; e ele disse, profundamente comovido: 'Meu nobre jovem! – Foi uma bela pitada! – Tudo está perdoado e esquecido, venha almoçar hoje em minha casa!' – Como podeis ver, amigos, os meus sofrimentos terminaram, e, se hoje conseguirmos, como certamente acontecerá, realizar o desencantamento de Cinabre, também *vós* sereis felizes doravante!"

No salão iluminado por uma centena de velas empertigava-se o pequeno Cinabre, trajando vestes de cor escarlate, cobertas de bordados, e a grande Comenda do Tigre Malhado de Verde com Vinte Botões ajustada ao peito, a espada afivelada à cinta, um chapéu com plumas sob o braço. Ao seu lado encontrava-se a encantadora Cândida, ricamente enfeitada e resplandecente no auge de sua graça e juventude. Cinabre havia tomado a sua mão e apertava-a de quando em quando contra os lábios, sorrindo com esgares repulsivos. E a cada vez um forte rubor avivava as faces de Cândida, que olhava para o pequeno com a expressão do mais profundo amor. Era um espetáculo deprimente e constrangedor, e somente a cegueira provocada pelo feitiço de Cinabre, e que obliterava a razão de todos, impedia que alguém, revoltado com o fatídico enredamento de Cândida, agarrasse aquele pequeno bruxo e o atirasse ao fogo da lareira. Mantendo uma distância respeitosa, os convidados haviam se agrupado ao redor do casal. Somente o príncipe Barsanuf conservava-se ao lado de Cândida, e esforçava-se por lançar ao redor olhares significativos e benevolentes, mas ninguém lhe dava especial atenção. Todos só tinham olhos para os noivos e concentravam-se nos lábios de Cinabre, que, de tempos em tempos, rosnava algumas palavras ininteligíveis, seguidas sempre pelo 'Ah' impressionado e enlevado dos circunstantes.

Havia chegado o momento da troca dos anéis de noivado. Mosch Terpin adentrou o círculo, trazendo uma salva sobre a qual cintilavam os anéis. Ele pigarreou – e Cinabre ergueu-se na ponta dos pés, tanto quanto lhe era possível, quase alcançando a altura dos cotovelos da noiva. – Todos quedavam na mais ansiosa expectativa – quando, de repente, se fazem ouvir vozes estranhas, a porta do salão se abre fragorosamente, Baltasar invade o recinto, juntamente com Pulcro e Fabiano! – Os três forçam a passagem pelo círculo adentro – "O que é isso, o que querem estes estranhos?", exclamam todos em meio à confusão.

O príncipe Barnasuf grita espavorido: "Revolta, rebelião – guardas!", e com um salto esconde-se atrás do pára-fogo. – Mosch Terpin reconhece Baltasar, que havia chegado até bem perto de Cinabre, e brada: "Senhor Estudante! – Ficou louco? – Está fora de si? – Como se atreve a invadir este aposento no meio da festa do noivado? – Pessoal – damas e cavalheiros – criados – expulsem esse grosseirão daqui!"

Entrementes, sem dar a menor atenção ao tumulto desencadeado ao seu redor, Baltasar já havia tirado do bolso a luneta mágica de Próspero, concentrando o seu olhar, através dela, na cabeça de Cinabre. Como que atingido por um raio, Cinabre prorrompe em miados estridentes, que ecoam por todo o salão. Cândida desfalece e cai em uma cadeira. Os convidados se dispersam apavorados, fugindo em todas as direções. – Nitidamente surge diante dos olhos de Baltasar a fulgente listra de cabelos escarlates, com um salto ele está junto de Cinabre – agarra-o, enquanto este agita desesperadamente as perninhas, se debate, arranha e morde.

"Segurem firme – segurem firme!", grita Baltasar. Então Fabiano e Pulcro agarram o pequeno, tolhendo-lhe todos os movimentos, e Baltasar apodera-se com mão firme e cuidadosa dos fios de cabelo vermelho, arranca-os com um só puxão, corre até a lareira, joga-os no fogo, os cabelos crepitam, consumidos pelas chamas, ouve-se um estrondo ensurdecedor, e todos despertam como que emergindo de um sonho. – Lá está o pequeno Cinabre, que se levantara penosamente do chão, esbravejando e ordenando que os atrevidos perturbadores da ordem que atentaram contra a sagrada pessoa do Primeiro Ministro do Estado sejam imediatamente presos e jogados na mais escura prisão. Mas os presentes perguntam um ao outro: "De onde é que veio de repente esse sujeitinho dando cambalhotas? – O que quer o pequeno monstrengo?" E, como o anão continua a vociferar e a bater os pezinhos no chão e a clamar: "Eu sou o ministro Cinabre – eu sou o ministro Cinabre – o Tigre Malhado de Verde com Vinte Botões!", todos irrompem em uma estrepitosa gargalhada. Forma-se um círculo ao seu redor, os homens começam a jogá-lo um para o outro, como um joguete; os botões da insígnia, um atrás do outro, desprendem-se do seu corpo – ele perde o chapéu, a espada, os sapatos. – O príncipe Barsanuf aparece por detrás do pára-fogo e junta-se ao tumulto. Ao vê-lo, o pequeno grita com voz estridente: "Príncipe Barsanuf – Alteza – salvai o vosso Ministro – vosso favorito – socorro, socorro! O Estado está em perigo – O Tigre Malhado de Verde – Ai! – Ai!" – O Príncipe lança um olhar furioso sobre o pequeno e dirige-se rapidamente à porta. Mosch Terpin atravessa o seu caminho, ele o agarra, puxa-o para um canto e diz, com os olhos faiscantes de raiva: "O senhor ousa representar esta ridícula comédia diante do seu Príncipe, do seu soberano? – O senhor me convida para assistir ao noivado de sua filha com o meu digno ministro Cinabre, e em vez do meu Ministro encontro aqui um monstrengo abjeto que o senhor enfiou em trajes suntuosos? – Saiba, senhor, que esta piada é uma traição contra o Estado, que eu haveria de punir severamente, se o senhor não fosse um idiota completo, que merecia estar em um manicômio. – Eu o destituo do cargo de Diretor Geral das Ciências Naturais e proíbo-o de continuar com as pesquisas na minha adega! – Adeus!"

E com estas palavras afastou-se intempestivamente.

Mas Mosch Terpin, tremendo de raiva, investiu contra o pequeno, agarrou-o pelos longos cabelos desgrenhados e arrastou-o até a janela: "Vou jogar-te, vou jogar-te, miserável monstrengo, que me traíste de forma tão vergonhosa, destruindo toda a felicidade da minha vida!"

Fez menção de arremessar o pequeno pela janela aberta, mas o Intendente do Gabinete de Zoologia, presente naquele momento, acorreu rapidamente, agarrou o pequeno e arrancou-o dos punhos de Mosch Terpin. "Pare", disse o Intendente, "pare, senhor Professor, não atente contra a propriedade do Príncipe. Não se trata de um monstrengo, e sim do Mycetes Belzebub, Simia Belzebub, que fugiu do museu." – "Simia Belzebub – Simia Belzebub!", gritaram de todos os lados, dando gargalhadas ruidosas. Mas, tão logo acomodou o pequeno no colo e olhou-o com atenção, exclamou indignado: "O que vejo! Este não é o Simia Belzebub, esta é uma mandrágora feia e ordinária! Longe de mim!"

E com estas palavras jogou o pequeno no meio do salão. Sob a saraivada de risadas zombeteiras dos presentes, o pequeno, guinchando e grunhindo, correu porta afora, escada abaixo, fugindo para a sua casa, sem que um único dos seus criados o notasse.

Enquanto tudo isso se passava no salão, Baltasar se dirigira ao gabinete para o qual, como percebera, haviam levado Cândida, que continuava desmaiada. Prostrou-se aos pés dela, apertou as suas mãos contra os lábios, chamou-a pelos mais doces nomes. Finalmente ela acordou com um profundo suspiro, e, ao avistar Baltasar, exclamou extasiada: "Finalmente, finalmente estás aqui comigo, meu amado Baltasar! – Ah, quase morri de saudade e de sofrimento! – e sempre ouvia o canto do rouxinol, que, tendo tocado a rosa púrpura, fez jorrar o sangue do seu coração!"

E em seguida contou-lhe, esquecendo tudo ao seu redor, como um sonho terrível a enredara, como tivera a

Oitavo capítulo

impressão de que um monstro horroroso se apoderara do seu coração, obrigando-a a amá-lo. O monstro soubera usar de disfarces, de modo a parecer-se com Baltasar. E, quando ela pensava intensamente em Baltasar, sabia que o monstro não era Baltasar, mas, por outro lado, e de modo inexplicável, era como se tivesse que amar o monstro, por causa de Baltasar.

Baltasar explicou-lhe o que havia acontecido, tomando o cuidado de não confundir ainda mais os seus sentidos já exacerbados. Seguiram-se, então, como habitualmente sucede entre jovens apaixonados, mil declarações, mil juras de amor e fidelidade eternos. Enquanto isso, abraçavam-se e enlaçavam-se com o ardor da mais profunda ternura, envoltos por todos os deleites e encantamentos do mais sublime paraíso.

Mosch Terpin entrou no aposento, torcendo as mãos e lamentando-se, acompanhado de Pulcro e Fabiano, que, em vão, tentavam consolá-lo.

"Não", exclamou Mosch Terpin, "não, sou um homem totalmente derrotado! – Sem o posto de Diretor Geral das Ciências Naturais do Estado! – Sem poder fazer as pesquisas na adega do Príncipe – Privado da graça do Príncipe – pensava tornar-me cavalheiro do Tigre Malhado de Verde com Cinco Botões, pelo menos – tudo acabado! – E o que dirá o digno senhor Ministro Cinabre, quando ouvir que eu confundi a sua pessoa com um monstrengo ordinário, o *Simia Belzebub cauda prehensili*, ou o que quer que seja! – Ó Deus, o seu ódio também recairá sobre mim! Alicante! – Alicante!"

"Mas caro Professor", disseram os amigos, procurando acalmá-lo, "prezado senhor Diretor Geral, lembre-se de que agora já não existe nenhum ministro Cinabre! – O senhor, de modo algum, cometeu um deslize; o anão disforme, graças aos poderes mágicos que recebeu da fada Rosabelverde, ludibriou tanto o senhor como todos nós!"

E Baltasar contou-lhe como tudo se passara, desde o início. O Professor escutava e escutava, e, quando Baltasar terminou a sua história, ele exclamou: "Estou acordado ou estou sonhando? – Bruxas – feiticeiros – fadas – espelhos mágicos – simpatias – devo acreditar nessas bobagens?"

"Ah, meu caro Professor", atalhou Fabiano, "se o senhor tivesse, como eu, usado durante algum tempo paletós com mangas curtas e abas longas, por certo haveria de acreditar em mais coisas do que poderia imaginar!"

"Sim", exclamou Mosch Terpin, "tudo aconteceu como dizeis – sim! – um monstrengo enfeitiçado ludibriou-me – os meus pés já não me sustentam – estou flutuando em direção ao teto – Próspero Alpano vai no meu encalço – parto cavalgando numa borboleta – sou penteado pela fada Rosabelverde – pela senhorita Rosabela, e torno-me Ministro! – Rei – Imperador!"

E, dizendo isso, ele saltitava pelo aposento, gritava e rejubilava-se, a tal ponto que todos temeram pela sua sanidade mental. Finalmente, extenuado, deixou-se cair em uma poltrona. Aproximaram-se então Cândida e Baltasar. Disseram-lhe o quanto se amavam, que não podiam mais viver um sem o outro, e sua palavras eram tão sentidas que Mosch Terpin começou a chorar um pouco. "Tudo", disse soluçando, "tudo o que vocês quiserem, meus filhos! – casem-se, amem-se – passem fome juntos, pois não poderei dar a Cândida um único tostão..."

Com relação à fome, disse Baltasar, sorrindo, ele esperava poder convencer o senhor Professor no dia seguinte de que isso jamais haveria de acontecer, uma vez que o seu tio Próspero Alpano havia providenciado tudo para que nada lhe faltasse.

"Faça isso", disse o Professor, com voz cansada, "faça isso, meu querido filho, amanhã, se lhe for possível. Porque agora, se não quiser ficar louco, se não quiser que a minha cabeça estoure, preciso ir imediatamente para a cama!"

E foi o que ele realmente fez, em seguida.

NONO CAPÍTULO

Constrangimento de um leal camareiro. – De como a velha Lisa fomentou uma rebelião e o ministro Cinabre escorregou durante a fuga. – De que maneira estranha o médico particular do Príncipe explicou a morte súbita de Cinabre. – De como o príncipe Barsanuf se entristeceu, comeu cebolas e de como a perda de Cinabre se tornou irreparável.

A carruagem do ministro Cinabre permanecera em vão durante quase toda a noite diante da casa de Mosch Terpin. Por diversas vezes asseguraram ao lacaio que Sua Excelência já devia ter saído da festa havia muito tempo; o lacaio, porém, afirmava que isso era totalmente impossível, uma vez que Sua Excelência não teria corrido para casa a pé, no meio da chuva e do vento. Quando finalmente todas as luzes foram apagadas e todas as portas fechadas, o lacaio viu-se obrigado a partir com o carro vazio, mas, assim que chegou à casa do Ministro, acordou imediatamente o camareiro e perguntou-lhe se o Ministro, pelo amor de Deus, havia chegado a casa, e de que maneira viera. "Sua Excelência", retrucou o camareiro em voz baixa, junto ao ouvido do lacaio, "chegou ao anoitecer, isto é certo, e está dormindo em sua cama. Mas, oh, meu caro lacaio! – Como – de que maneira! – Vou contar-lhe tudo – mas guarde segredo. – Estou perdido se Sua Excelência descobrir que era eu quem estava no corredor escuro! – Vou perder o meu emprego, pois Sua Excelência é, sem dúvida, de baixa estatura, mas tem uma índole selvagem, irrita-se facilmente e fica fora de si quando irado. Ainda ontem, quando um simples camundongo ousou pulular pelo quarto de Sua Excelência, este o trespassou incontinenti com a sua espada. – Mas tudo bem! – Ao anoitecer vesti o meu abrigo, pretendendo ir de mansinho até uma pequena taverna para jogar uma partida de gamão, quando ouço algo arrastando os pés escada acima, algo que em seguida rola no corredor escuro entre as minhas pernas, cai no chão, solta um miado estridente e grunhe – oh, Deus – nobre homem – não conte nada a ninguém, senão estou perdido! – aproxime-se um pouco – e grunhe como o nosso excelentíssimo senhor costuma grunhir quando o cozinheiro deixa queimar a coxa do novilho, ou quando alguma coisa lhe desagrada no Governo."

O camareiro sussurrara por detrás da mão estas últimas palavras ao ouvido do lacaio. Este sobressaltou-se, assumiu uma expressão preocupada e exclamou: "Será possível?"

"Sim", prosseguiu o camareiro, "o que rolou por entre as minhas pernas no corredor escuro era, sem dúvida, a nossa digníssima Excelência. Em seguida, ouvi nitidamente como o digníssimo remexeu as cadeiras nos aposentos, e abriu todas as portas, uma após a outra, até chegar ao seu quarto de dormir. Não me atrevi a segui-lo, mas após algumas horinhas fui sorrateiramente até a porta do seu quarto e pus-me à escuta. Sua Excelência ressonava, tal como costumava acontecer quando grandes acontecimentos estão por vir. Lacaio, há mais coisas entre o céu e a terra do que a nossa vã sabedoria pode supor, foi o que um dia ouvi no teatro, de um príncipe melancólico, trajando roupas pretas e que tinha muito medo de um homem vestido de papelão cinza. – Creia-me! Ontem deve ter acontecido algo espantoso que motivou Sua Excelência a voltar para casa. O Príncipe esteve na casa do Professor, talvez ele tenha sugerido uma coisa ou outra – uma bonita reformazinha, quem sabe –, e eis que o nosso Ministro se inflama, deixa para lá o noivado e começa imediatamente a trabalhar pelo bem do Governo. – Percebi isso desde logo pelo ronco. Sim, algo grande, decisivo, vai acontecer! – Oh, lacaio, talvez em breve voltemos a deixar crescer as tranças! – Mas, caro amigo, vamos descer e, como criados fiéis, fiquemos de guarda à porta do quarto, para saber se Sua Excelência ainda está tranqüilamente na sua cama, trabalhando os seus pensamentos secretos."

Ambos, o camareiro e o lacaio, aproximaram-se sorrateiramente da porta e puseram-se à escuta. Cinabre ronronava, emitia sons como um órgão e assobiava, percorrendo as mais inusitadas escalas musicais. Os dois criados quedaram em mudo respeito, e o camareiro disse, profundamente comovido: "O nosso digníssimo senhor Ministro é realmente um grande homem!"

Na manhã seguinte, bem cedo, houve um grande tumulto na casa do Ministro. Uma camponesa idosa, trajando roupas domingueiras há muito puídas, forçara a entrada na casa e exigira do porteiro que a levasse imediatamente até o seu filhinho, o Pequeno Zacarias. O porteiro havia lhe explicado que o morador da casa era Sua Excelência, o senhor ministro Cinabre, Cavalheiro do Tigre Malhado de Verde com Vinte Botões, e que ninguém da criadagem se chamava Pequeno Zacarias ou era conhecido por esse apelido. A essa informação, porém, a mulher gritara extasiada que o senhor ministro Cinabre com os vinte botões era, precisamente, o seu filhinho querido, o Pequeno Zacarias. Em decorrência da gritaria da mulher e dos impropérios tonitruantes do porteiro, acorreu todo o pessoal da casa, e o alarido tornava-se cada vez mais ensurdecedor. Quando o camareiro desceu, a fim de dispersar aquela gente que tão insolentemente perturbava o sossego matinal de Sua Excelência, estavam justamente expulsando a mulher da casa, na certeza de que se tratava de uma louca.

A mulher sentou-se então nas escadas de pedra da casa em frente, soluçando e lamentando-se por aquela gente grosseira lá dentro não lhe permitir ver o seu filhinho adorado, o Pequeno Zacarias, que havia se tornado Ministro. Aos poucos muitas pessoas foram se agrupando ao seu redor, e a todas ela repetia sem cessar que o ministro Cinabre era o seu filho, a quem na infância chamara de Pequeno Zacarias. Por fim, as pessoas não sabiam se deviam considerá-la louca, ou se havia alguma verdade no que ela estava dizendo.

A mulher não desviava os olhos da janela de Cinabre. De repente, deu uma risada sonora, bateu palmas e gritou jubilosa: "Lá está ele, lá está ele, o meu homenzinho querido, o meu pequeno duende! – Bom dia, Pequeno Zacarias! – Bom dia, Pequeno Zacarias!" – Todos olharam para o alto, e ao avistarem o pequeno Cinabre diante da janela, trajando as sua roupas escarlates e adornado com a Comenda do Tigre Malhado de Verde, que lhe pendia até os pés, de maneira que toda a sua figura se delineava nitidamente por detrás das amplas vidraças, começaram a rir descomedidamente, fazendo um grande alarido e gritando: "Pequeno Zacarias! – Pequeno Zacarias! – Ah, vejam o pequeno babuíno empavonado! – o monstrengo grotesco! – a mandragorazinha – Pequeno Zacarias! – Pequeno Zacarias!" – O porteiro e todos os criados de Cinabre acorreram para verificar qual era o motivo das risadas descomedidas e do júbilo de toda aquela gente. Porém, mal avistaram o seu senhor, puseram-se a rir e a gritar ainda mais desenfreadamente do que os outros: "Pequeno Zacarias – Pequeno Zacarias – homem-raiz – polegarzinho – mandrágora!"

Somente agora o Ministro parecia perceber que a gritaria na rua se dirigia contra a sua pessoa. Ele abriu a janela num ímpeto, lançou olhares faiscantes de ira sobre a multidão, gritou, esbravejou, deu estranhos saltos de raiva – ameaçou com a guarda, a polícia, a prisão e o calabouço.

No entanto, quanto mais a Excelência vociferava na sua ira, tanto mais avolumavam-se o tumulto e as gargalhadas, até que começaram a lançar pedras, frutas, verduras, ou o que estivesse à mão, contra o infeliz Ministro – ele não teve alternativa senão retirar-se!

"Deus do céu!", exclamou aterrado o camareiro, "o monstrengo abjeto estava olhando pela janela da digníssima Excelência – O que é isso? – Como o pequeno bruxo entrou no quarto?" – Ao dizer isso, ele subiu correndo, mas, como na vez anterior, encontrou os aposentos do Ministro trancados. Ousou dar uma leve batida! – Nenhuma resposta!

Entrementes, só Deus sabe como, o povo começara a murmurar que o pequeno monstrengo ridículo lá em cima realmente era o Pequeno Zacarias, que havia adotado o soberbo nome de Cinabre e, para fazer carreira, lançara mão de mentiras e imposturas. Mais e mais elevavam-se as vozes. "Acabemos com a pequena besta! – acabemos com ela! – Vamos arrancar a pauladas a jaqueta de ministro do Pequeno Zacarias – Tranquem-no na jaula – Exponham-no na feira por dinheiro – Cubram-no de ouropel e dêem-no como brinquedo às crianças! – Vamos subir – vamos subir!" – E com isso a multidão avançou em direção à casa.

O camareiro torcia as mãos desesperado. "Rebelião – tumulto – Excelência. Abra a porta – salve-se!", gritava ele, mas nenhuma resposta fez-se ouvir, apenas um gemido abafado.

A porta foi arrombada, e o povo, com risadas selvagens, começou a subir as escadas com estardalhaço. "Agora seja o que Deus quiser", disse o camareiro, e arremessou-se com todas as forças contra a porta do quarto, fazendo-a saltar com estrépito dos gonzos. – Nenhuma Excelência se encontrava lá... nem sombra de Cinabre!

"Excelência – digníssima Excelência – não estais ouvindo a rebelião? – Excelência – digníssima Excelência – Com mil de... – Deus perdoe o meu sacrilégio, onde Vossa Excelência houve por bem recolher-se?"

Assim gritava o camareiro, correndo desesperado pelos aposentos. Mas nenhuma resposta, nenhum som, apenas o eco zombeteiro ressoava das paredes de mármore. Cinabre, aparentemente, havia desaparecido sem deixar vestígios, silenciosamente. – Lá fora o tumulto amainara, e o camareiro ouviu a voz sonora e grave de uma mulher, que se dirigia ao povo, e, ao olhar pela janela, viu que as pessoas pouco a pouco iam saindo da casa, falando em voz baixa umas com as outras, e lançando olhares furtivos em direção às janelas.

"Parece que a rebelião acabou", disse o camareiro, "agora, por certo, a digníssima Excelência sairá de seu esconderijo."

Ele retornou aos aposentos, certo de que lá haveria de encontrar o Ministro.

Lançando olhares atentos ao redor, percebeu que de um belo vaso prateado com alças, que sempre se encontrava ao lado do gabinete sanitário, porque o Ministro o apreciava muito como um precioso presente do Príncipe, assomavam duas perninhas pequeninas e finas.

"Deus, Deus", gritou o camareiro, apavorado, "Deus, meu Deus, se não estiver completamente enganado, estas perninhas pertencem a Sua Excelência, o senhor ministro Cinabre, meu digníssimo senhor!" – Ele aproximou-se e, examinando o fundo do vaso, gritou, tremendo de pavor: "Excelência – Excelência, por Deus, o que estais fazendo, o que estais procurando aí embaixo?"

Como, porém, Cinabre permanecesse imóvel e mudo, o camareiro compreendeu que Sua Excelência corria grande perigo, e que era chegada a hora de pôr de lado o respeito. Agarrando Cinabre pelas perninhas, puxou-o para fora! – Mas, ai! Morta – a pequena Excelência estava morta! O camareiro irrompeu em lamentações, o lacaio e a criadagem acorreram, alguém foi chamar o médico particular do Príncipe. Enquanto isso, o camareiro enxugou o seu pobre e infeliz senhor com toalhas limpas, deitou-o sobre a cama e cobriu-o com almofadas de seda, de modo que somente o pequeno rosto enrugado permanecesse visível.

Naquele instante entrou no aposento a senhorita Rosabela. Primeiro ela havia, Deus sabe como, acalmado os ânimos do povo. Agora caminhou até o leito onde jazia Cinabre, seguida pela velha Lisa, a mãe do Pequeno Zacarias. – Na morte, as feições de Cinabre pareciam mais bonitas do que em vida. Os pequenos olhinhos estavam fechados, o narizinho muito branco, a boca contraía-se levemente em um suave sorriso, mas sobretudo o cabelo castanho escuro lhe caía em formosos cachos. A Senhorita passou a mão pela cabeça do pequeno, e imediatamente refulgiu em pálidos reflexos uma listra escarlate.

"Ah!", exclamou a Senhorita, com os olhos brilhando de alegria, "ah, Próspero Alpano! – Grande Mestre, mantiveste a tua palavra! – Cumpriu-se o seu destino e expiada está toda a culpa!"

"Ah", disse a velha Lisa, "ah, meu bom Deus, este certamente não é o meu Pequeno Zacarias, ele nunca foi tão bonito assim. Portanto, foi inútil eu ter vindo à cidade, e vós não me destes um bom conselho, digníssima Senhorita!"

"Deixa de resmungar, minha velha", replicou a Senhorita, "se tivesses seguido corretamente o meu conselho e se não tivesses entrado nesta casa antes da minha chegada, tua situação agora seria muito melhor. – Repito, o pequeno que jaz morto ali no leito é, sem dúvida, o teu filho, o Pequeno Zacarias!"

"Então", exclamou a mulher, com olhos brilhantes, "então, se a pequena Excelência ali realmente é meu filho, por certo vou herdar todas as belas coisas que se encontram aqui, a casa e tudo o que estiver dentro dela?" "Não", disse a Senhorita, "isso acabou, falhaste em acertar o momento propício para ganhar riquezas. Como já te disse uma vez, não estás predestinada a possuir fortunas."

"Então ao menos", prosseguiu a mulher, com lágrimas nos olhos, "ao menos posso embrulhar o meu pobre homenzinho no avental e levá-lo para casa? O nosso senhor pastor tem uma porção de lindos passarinhos e esquilos empalhados, quero que ele mande empalhar o meu Pequeno Zacarias, e eu vou colocá-lo sobre o meu armário, assim como ele está agora, com a casaca vermelha, a fita larga e a estrela grande em cima do peito, para que nunca seja esquecido!"

"Essa idéia", exclamou a Senhorita com certa impaciência, "essa idéia é completamente absurda, isso é totalmente impossível!"

A mulher começou, então, a soluçar e a se lamentar. "Que vantagem tenho", disse ela, "que vantagem tenho com o fato de o meu Pequeno Zacarias ter alcançado honrarias e adquirido grandes riquezas? – Ele devia ter ficado comigo, se eu o tivesse criado na minha pobreza ele nunca teria caído naquela maldita coisa de prata, ainda estaria vivo, e talvez me tivesse trazido alegrias e bênçãos. Se eu tivesse continuado a carregá-lo naquele meu cesto de madeira, as pessoas teriam tido pena e me jogado uma ou outra bela moedinha, mas agora..."

Na ante-sala ecoaram passos, a Senhorita instou a velha a sair do aposento, ordenando-lhe que a esperasse lá embaixo, diante da porta, pois ao partir ela haveria de revelar-lhe um meio infalível de acabar definitivamente com a sua miséria e com os seus sofrimentos.

Em seguida, Rosabelverde aproximou-se mais uma vez do pequeno e disse, com voz suave e trêmula, a trair sua profunda compaixão:

"Pobre Zacarias! – Enteado da natureza! – Quis o teu bem! – Certamente foi tolice minha acreditar que o belo dom exterior com que te presenteei haveria de iluminar o íntimo do teu ser e despertar uma voz que deveria dizer-te: não és o que pensam, mas esforça-te para igualar-te àquele em cujas asas tu, aleijado e implume, te apóias para alçar vôo. – Mas nenhuma voz interior manifestou-se em ti. Teu espírito indolente e amortecido não teve a capacidade de elevar-se, persistindo na ignorância, na estupidez e no comportamento desabrido. Ah, se tivesses continuado sendo uma criatura sem importância, um pequeno grosseirão rude, terias escapado desta morte ignóbil! – Próspero Alpano cuidou para que na morte voltasses a ser considerado o que, graças aos meus poderes, parecias ser em vida. Caso possa rever-te como pequeno besouro, camundongo veloz ou ágil esquilo, sentir-me-ei feliz! Dorme em paz, Pequeno Zacarias!"

No momento em que Rosabelverde saiu do quarto, entrou o médico particular do Príncipe, acompanhado do camareiro.

"Por Deus", exclamou o médico, ao avistar o corpo inerte de Cinabre e convencer-se de que seria impossível tentar reanimá-lo, "por Deus, como foi que isso aconteceu, senhor camareiro?"

"Ah", replicou este, "ah, caro senhor doutor, a rebelião ou a revolução, é tudo a mesma coisa, como o senhor queira chamá-la, estava brava lá fora, na ante-sala. Sua Excelência, preocupada com a sua preciosa vida, teve, por certo, a intenção de refugiar-se na toalete, mas escorregou e..."

"Se foi assim", disse o doutor solenemente e emocionado, "ele morreu de medo da morte!"

A porta abriu-se num ímpeto, e o príncipe Barsanuf precipitou-se aposento adentro, muito pálido, seguido de sete camareiros mais pálidos ainda.

"É verdade, é verdade?", exclamou o Príncipe, mas, tão logo avistou o cadáver do pequeno, recuou e, voltando os olhos para o céu, disse, com a expressão da mais profunda dor no semblante: "Oh, Cinabre!" – e os sete camareiros repetiram as palavras do Príncipe: "Oh, Cinabre!", e, imitando o Príncipe, tiraram os lenços dos bolsos e levaram-nos aos olhos.

"Que perda", disse o Príncipe após alguns minutos de silencioso desespero, "que perda irreparável para o Estado! – Onde haveremos de encontrar um homem que ostente a Comenda do Tigre Malhado de Verde com Vinte

Botões com a *mesma* dignidade que caracterizou o meu Cinabre? – Doutor, como pôde deixar *este* homem morrer? – Diga-me, como foi que isso aconteceu, como foi possível, qual foi a causa, de que morreu este homem extraordinário?"

O médico examinou cuidadosamente o pequeno, tocou em partes do corpo onde outrora haviam existido pulsações, passou a mão pela cabeça do morto, pigarreou e disse: "Meu digníssimo Senhor, se eu me restringisse a um exame superficial, diria que o Ministro morreu devido a uma completa falta de ar, motivada pela impossibilidade de respirar, e essa impossibilidade, por sua vez, veio a ser causada pela substância, pelo humor[18] no qual ele veio a cair. Assim sendo, eu poderia dizer que o Ministro teve uma morte humorística. Mas longe de mim tal superficialidade, longe de mim a mania de querer explicar a partir de desprezíveis princípios físicos aquilo que encontra o seu motivo natural e inabalável tão-somente no campo do puramente psíquico. – Meu digníssimo Príncipe, permita-me que fale abertamente: a causa primeira da morte do Ministro encontra-se na Comenda do Tigre Malhado de Verde com Vinte Botões!

"Como!", exclamou o Príncipe, lançando olhares faiscantes de cólera para o médico, "Como! O que está dizendo? – a Comenda do Tigre Malhado de Verde com Vinte

---

....
18. *humor... morte humorística:* ambíguo. A medicina antiga partia do pressuposto de quatro *humores* (líquidos): sangue, muco, bílis amarela e negra, cujas combinações haveriam de determinar as diversas disposições de espírito. Deriva-se daí o termo alemão "Humor", no sentido de 'disposição, estado de espírito'. Zacarias sufoca no próprio "humor", na "sujeira", mas, ao mesmo tempo, por outro ponto de vista, no humor do conto. Ed. G. Kaiser, *op. cit.*, p. 59. (N. da T.)

Botões, que o falecido usava, para o bem do Estado, com tanta graça, com tanta dignidade? – *ela* teria sido a causa de sua morte? – Prove isso, ou... Camareiros, o que têm a dizer a respeito?"

"Ele precisava provar, ele precisava provar, ou...", exclamaram os sete camareiros pálidos, e o médico prosseguiu:

"Meu caro e digníssimo Príncipe, hei de provar o que estou dizendo, portanto não haverá nenhum 'ou'! – As coisas estão relacionadas da seguinte maneira: a pesada insígnia que pendia do cordão, mas sobretudo os botões nas costas, tiveram o efeito prejudicial sobre os gânglios da coluna vertebral. Ao mesmo tempo, a estrela da Ordem exerceu pressão sobre aquela coisa nodosa e membranosa entre o diafragma e a artéria superior do mesentério, que chamamos de plexo solar e que predomina no tecido labiríntico do plexo nervoso. Esse órgão dominante está relacionado das mais diversas maneiras com o sistema cerebral, e é evidente que a danificação dos gânglios também veio a prejudicar este último. Mas o livre fluxo do sistema cerebral não é a condição da qual depende a consciência, a personalidade, como expressão da mais completa união do todo em um único foco? O processo vital não é a atividade em ambas as esferas, no sistema dos gânglios e no sistema cerebral? Enfim, aquela danificação desequilibrou as funções do organismo psíquico. Primeiramente, devido ao porte doloroso daquela insígnia, sobrevieram pensamentos sombrios referentes a sacrifícios inauditos suportados pelo bem do Estado, etc. Essa situação foi se tornando cada vez mais delicada, até que a total desarmonia entre o sistema dos gânglios e o sistema cerebral acabou provocando a total perda da consciência, a total renúncia à personalidade. Para designar esse estado, porém, utilizamos a palavra *morte*! – Sim, excelentíssimo senhor, o Ministro já havia renunciado à sua personalidade, portanto já estava bem morto quando caiu naquele vaso fatídico. – Assim sendo, a sua morte não teve uma causa física, e sim uma profunda causa psíquica."

"Doutor", disse o Príncipe, irritado, "o senhor já está tagarelando há meia hora, e quero que o diabo me carregue se tiver entendido uma única sílaba de tudo isso. O que é que o senhor está querendo dizer com essa conversa de psíquico e físico?"

"O princípio físico", continuou o médico, retomando a palavra, "é a condição para a vida puramente vegetativa, enquanto o psíquico determina o organismo humano, que encontra a força motriz da existência tão-somente no espírito, na capacidade de pensar."

"Ainda", exclamou o Príncipe, agastadíssimo, "ainda não consigo compreendê-lo, homem incompreensível!"

"Quero dizer", respondeu o médico, "quero dizer, Alteza, que o físico está relacionado apenas com a vida puramente vegetativa, destituída da capacidade de pensar, tal como se verifica nas plantas, ao passo que o psíquico está vinculado à capacidade de pensar. Uma vez que esta somente existe no organismo humano, o médico sempre deve começar pela capacidade de pensar, pelo espírito, e considerar o corpo um mero vassalo do espírito, ao qual ele é obrigado a submeter-se, sempre que o seu amo o desejar."

"Ora", exclamou o Príncipe, "ora, doutor, deixe para lá! – Limite-se a curar o meu corpo, e deixe em paz o meu espírito, que nunca me causou incômodo algum. Aliás, doutor, o senhor é um homem confuso, e, se eu não estivesse aqui, emocionado, junto do corpo do meu Ministro, eu saberia o que fazer! – E agora, camareiros, derramemos mais algumas lágrimas aqui ao pé do catafalco do finado, e vamos em seguida à mesa."

O Príncipe cobriu os olhos com o lenço e soluçou, os camareiros o imitaram, e depois todos se retiraram com passos solenes.

Diante da porta estava a velha Lisa, com algumas réstias de magníficas cebolas douradas penduradas no braço. O olhar do Príncipe pousou por acaso sobre os frutos. Ele sustou o passo, a dor desapareceu de seu rosto, e com um sorriso suave e benevolente disse: "Nunca em minha vida tinha visto cebolas tão bonitas, elas devem ter um sabor maravilhoso. A senhora as está vendendo, boa mulher?"

"Oh, sim", respondeu Lisa com uma profunda reverência, "oh, sim, digníssima Alteza, com a venda destas cebolas ganho o meu modesto sustento. Elas são doces como puro mel; deseja prová-las, meu digníssimo Senhor?"

Com essas palavras estendeu para o Príncipe uma réstia com as cebolas mais lustrosas. Este a tomou nas mãos, sorriu, deu alguns estalidos com a língua, disse então: "Camareiros! Um dos senhores empreste-me o seu canivete!" – De posse da faca, o Príncipe descascou cuidadosamente uma das cebolas e provou um pouco de sua polpa.

"Que sabor, que doçura, que força, que fogo!", exclamou, enquanto os seus olhos brilhavam de prazer, "e até me parece estar vendo diante de mim o falecido Cinabre, acenando e sussurrando: 'Comprai e comei estas cebolas, meu Príncipe – pelo bem do Estado!'" – O Príncipe colocou algumas moedas de ouro na mão da velha

Lisa, e os camareiros foram obrigados a enfiar todas as tranças de cebolas nos seus bolsos. E mais! – Ele ordenou que ninguém além de Lisa tivesse a concessão de fornecer cebolas para o desjejum da realeza. Assim, a mãe do Pequeno Zacarias, sem tornar-se rica, ficou livre de toda a miséria e de todos os sofrimentos, e nisso ela por certo contou com a ajuda de algum encantamento secreto da boa fada Rosabelverde.

O enterro do ministro Cinabre foi um dos mais suntuosos que já se vira em Querepes. O Príncipe e todos os cavalheiros do Tigre Malhado de Verde acompanharam o séquito em luto profundo. Todos os sinos dobravam, e até mesmo os dois pequenos canhões, que o Príncipe comprara por um preço altíssimo, reservados para os fogos de artifício, foram disparados por diversas vezes. Os cidadãos, o povo, todos choravam e se lamentavam por ter o Estado perdido o seu melhor arrimo, e todos eram unânimes na suposição de que nunca mais o governo teria à sua testa um homem com tão profunda inteligência, com tal magnanimidade de alma, com tal bondade, com tanto zelo incansável pelo bem geral, como Cinabre. E a perda, de fato, permaneceu irreparável; porque nunca mais foi encontrado um ministro em quem a Comenda do Tigre Malhado de Verde com Vinte Botões assentasse tão bem quanto no inesquecível falecido Cinabre.

ÚLTIMO CAPÍTULO

Súplicas pesarosas do autor. – De como o professor Mosch Terpin se acalmou e Cândida nunca poderia aborrecer-se. – De como um escaravelho dourado zumbiu algo ao ouvido do doutor Próspero Alpano, este se despediu e Baltasar teve um casamento feliz.

É chegado o momento em que aquele que escreveu estas páginas para ti, querido leitor, quer despedir-se, e neste instante invadem-no melancolia e inquietação. – Muitas e muitas coisas ele teria ainda para contar-te a respeito dos estranhos feitos do pequeno Cinabre, e ele teria tido verdadeiro prazer – como, aliás, sentiu-se irresistivelmente instigado pelo seu íntimo a escrever esta história – em relatar-te tudo isso. Mas, fazendo uma retrospecção de todos os acontecimentos, assim como se desenrolam nos nove capítulos, ele percebe claramente que neles já estão contidas tantas coisas fantásticas, tresloucadas, contrárias aos ditames de uma razão sóbria, que, se acrescentasse ainda mais alguns episódios deste teor, correria o perigo de, abusando da tua indulgência, indispor-se definitivamente contigo, querido leitor. Com aquela melancolia, com aquela inquietação que subitamente oprimiram o seu peito quando escreveu as palavras "último capítulo", ele te pede que, com o espírito bem alegre e descontraído, tenhas a bondade de contemplar e até mesmo apreciar as estranhas configurações que o poeta deve à inspiração de um espírito prodigioso, chamado *Phantasus*[19],

---
19. Ciclo de contos de Ludwig Tieck. (N. da T.)

e por cuja natureza bizarra e caprichosa ele talvez tenha se deixado influenciar em demasia. – Por isso, não fiques amuado com ambos: com o poeta e com o espírito caprichoso! – Se tu, querido leitor, de vez em quando tiveres sorrido em teu íntimo, então terás estado *naquela* disposição de espírito, precisamente, que o autor destas páginas desejava, e, portanto, assim acredita ele, irás perdoar-lhe muitas coisas!

Na verdade, a história poderia ter terminado com a morte trágica do pequeno Cinabre. Contudo, não será mais agradável se no final, em vez de tristes pompas fúnebres, tivermos a celebração alegre de um casamento?

Voltemos, pois, rapidamente, à graciosa Cândida e ao feliz Baltasar.

Habitualmente o professor Mosch Terpin era um homem esclarecido e experiente que, de acordo com o sábio dito do *Nil admirari*, havia muitos e muitos anos não se admirava com absolutamente nada. Mas agora ocorria que ele, renunciando a toda a sua sabedoria, se espantava a cada momento, de forma que, por fim, queixava-se de já não saber se era realmente o professor Mosch Terpin, o mesmo que outrora dirigira o departamento de Ciências Naturais do Estado, e se ele, de fato, ainda andava sobre os seus queridos pés e mantinha a cabeça no alto.

Primeiro, espantou-se quando Baltasar lhe apresentou o doutor Próspero Alpano como sendo o seu tio, e este lhe mostrou o termo de doação, pela qual Baltasar se tornava proprietário da casa de campo distante uma hora de Querepes, além de bosques, campos de pradarias; quando, mal acreditando no que via, encontrou no inventário a menção a um mobiliário precioso, e até mesmo a barras de ouro e prata, cujo valor em muito ultrapassava a riqueza do Tesouro do Principado. Em seguida, assombrou-se ao olhar, através da luneta de Baltasar, o luxuoso caixão no qual jazia Cinabre e ao ter, de repente, a sensação de que nunca existira um ministro Cinabre, mas apenas um pequeno anão grosseiro e intratável, que erroneamente fora tomado por um inteligente e sábio ministro Cinabre.

Mas o espanto de Mosch Terpin atingiu o auge quando Próspero Alpano o conduziu pela casa de campo, mostrou-lhe sua biblioteca e outras coisas maravilhosas, e até mesmo fez algumas experiências impressionantes com plantas e animais estranhos.

O Professor começou a compreender que as suas pesquisas da natureza pouco valiam e que ele, possivelmente, estaria enclausurado em um maravilhoso e colorido mundo mágico, como dentro de um ovo. Esta idéia inquietou-o de tal maneira que ele por fim começou a chorar e a lamentar-se como uma criança. Baltasar levou-o imediatamente à ampla adega, onde ele avistou tonéis luzidios e garrafas faiscantes. Muito melhor do que na adega do Príncipe, disse-lhe Baltasar, poderia ele prosseguir aqui os seus estudos, e pesquisar minuciosamente a natureza no belo parque.

A estas palavras, o Professor acalmou-se.

O casamento de Baltasar foi celebrado na casa de campo. Ele, os amigos Fabiano, Pulcro, todos ficaram espantados com a formosura de Cândida, com o encanto mágico que emanava de seu vestido e residia em todo o seu ser.
– E, de fato, um encantamento a envolvia, pois a fada Rosabelverde, esquecendo toda a mágoa, comparecera ao casamento como senhorita de Rosabela e a havia vestido pessoalmente, enfeitando-a com as mais belas e magníficas rosas. E é mais do que sabido que toda roupa cai bem quando ajustada pelas mãos de uma fada. Além disso,

Rosabelverde havia presenteado a formosa noiva com um colar cintilante, que possuía um poder mágico: tão logo Cândida o colocasse, jamais haveria de aborrecer-se com ninharias, com uma fita mal trançada, com um penteado mal arrumado, com uma mancha na roupa, ou algo parecido. Essa qualidade, que a jóia lhe conferia, fazia com que o seu semblante irradiasse um encanto e uma alegria especiais.

Os noivos encontravam-se no auge da felicidade, mas ainda assim – tão maravilhoso era o secreto e sábio encantamento de Alpano – não deixavam de dar atenção aos amigos queridos que lá se encontravam reunidos. Próspero Alpano e Rosabelverde, ambos cuidaram para que os mais belos prodígios abrilhantassem o dia do casamento. Dos arbustos e das árvores, de toda parte ecoavam doces sons e suaves melodias, enquanto mesas reluzentes emergiam com pratos seletos, carregadas de garrafas de cristal, das quais jorravam vinhos dos mais nobres, os quais derramavam a chama da vida nas veias dos convidados.

Caiu a noite, e eis que arco-íris chamejantes se estenderam por todo o parque; viam-se pássaros reluzentes e insetos que volteavam para cima e para baixo e, ao agitar suas asas, turbilhonavam milhões de centelhas, que, em constante mutação, desenhavam as mais graciosas configurações, que bailavam no ar e desapareciam esvoaçantes nos arbustos. Simultaneamente soava mais intensa a melodia que vinha da floresta, o vento da noite soprava, sussurrando misteriosamente e exalando doces perfumes.

Baltasar, Cândida, os amigos reconheceram o poderoso encantamento de Alpano, mas Mosch Terpin, semi-embriagado, riu sonoramente e insistiu que o autor de tudo aquilo não era outro senão o danado do figurinista da ópera e fogueteiro do Príncipe.

Um badalar estridente de sinos fez-se ouvir. Um reluzente escaravelho dourado desceu dos ares, pousou no ombro de Próspero Alpano e pareceu zumbir-lhe algo baixinho ao ouvido.

Próspero Alpano levantou-se de seu assento e, com voz séria e solene, disse: "Querido Baltasar – encantadora Cândida – preciso despedir-me."

A estas palavras, aproximou-se dos noivos e falou em voz baixa com ambos. Baltasar e Cândida estavam muito emocionados, Próspero parecia dar-lhes toda uma série de bons conselhos e, por fim, abraçou-os efusivamente.

Em seguida, voltou-se para a senhorita de Rosabela e com ela, igualmente, trocou palavras em voz baixa – possivelmente ela o incumbia de alguma missão em assuntos de magia e de fadas, que ele de bom grado aceitou.

Entrementes, havia descido dos ares uma pequena carruagem de cristal, atrelada a duas libélulas cintilantes, conduzidas pelo faisão prateado.

"Adeus – adeus...", disse Próspero Alpano, subindo na carruagem. Esta alçou-se por cima dos arco-íris chamejantes, até parecer uma minúscula estrela cintilante nas alturas, que por fim se ocultou por detrás das nuvens.

"Belo balão", roncou Mosch Terpin, caindo em sono profundo em seguida, dominado pelos eflúvios do vinho.

Baltasar, seguindo os conselhos de Próspero Alpano e fazendo bom uso da posse da magnífica casa de campo, tornou-se, de fato, um bom poeta: e, uma vez que as demais qualidades da propriedade, que Próspero elogiara com relação à graciosa Cândida, se confirmaram totalmente, e esta jamais deixou de usar o colar que a senhorita Rosabela lhe dera como presente de núpcias, Baltasar, e não podia ser de outra maneira, teve o mais feliz casamento jamais vivido por um poeta com uma jovem e bela esposa.

E, assim, eis que a história do Pequeno Zacarias chamado Cinabre chega, definitivamente, a um alegre

Fim.

Impresso nas oficinas da
Gráfica Palas Athena